btb

Aus Freude am Lesen

btb

Buch

Da stürzen in New York die Türme ein, und in einem Ferienbauernhof irgendwo in der Mitte Deutschlands verwandelt sich durch diese Weltkatastrophe eine empfindliche und gefährdete Liebesgeschichte urplötzlich in eine dumme Episode. Ganz leise geschieht das.
Fast nie werden sie laut, die Figuren in Franziska Gerstenbergs Erzählungen. Es scheint sogar, als machten sie am liebsten einen großen Bogen um die Orte, an denen es vielleicht spektakulär oder tragisch zugehen könnte.
Und doch ahnen sie, dass sie, obwohl noch ganz jung, schon lauter ungelebtes Leben vor sich her schieben. Bald muss etwas geschehen. Eindringliche Porträts von Menschen, die vom Mit-, Nach- und Gegeneinander der Lebens- und Gesellschaftsentwürfe durchdrungen und wie durchschnitten worden sind.

Autorin

Franziska Gerstenberg wurde 1979 in Dresden geboren. Sie hat am Deutschen Literaturinstitut studiert und war anschließend Mitherausgeberin der Zeitschrift EDIT. Sie veröffentlichte in Zeitschriften und Anthologien, erhielt mehrere Stipendien und Preise. Franziska Gerstenberg lebt in Leipzig und Hannover.

Franziska Gerstenberg

Wie viel Vögel

Erzählungen

btb

Die Autorin dankt der Stiftung Künstlerdorf Schöppingen, dem Sächsischen Staatsministerium für Wissenschaft und Kunst und der Kulturstiftung des Freistaates Sachsen für die Unterstützung der Arbeit an diesem Buch.

FSC
Mixed Sources
Product group from well-managed forests and other controlled sources

Cert no. GFA-COC-1223
www.fsc.org
© 1996 Forest Stewardship Council

Verlagsgruppe Random House FSC-DEU-0100
Das FSC-zertifizierte Papier *Munken Print* für Taschenbücher aus dem btb Verlag liefert Arctic Paper Munkedals AB, Schweden.

1. Auflage
Genehmigte Taschenbuchausgabe Dezember 2005 btb Verlag
In der Verlagsgruppe Random House GmbH, München

Umschlaggestaltung: Design Team München
Umschlagfoto: photonica
Satz: Uhl + Massopust, Aalen
Druck und Einband: Clausen & Bosse, Leck
SR · Herstellung: AW
Made in Germany
ISBN-10: 3-442-73308-1
ISBN-13: 978-3-422-73308-8

www.btb-verlag.de

FÜR MEINE MUTTER,
MEINEN VATER,
FELIX, FLO

die aprikosenbäume gibt es,
die aprikosenbäume gibt es

INGER CHRISTENSEN

Inhalt

Landschaft mit Sonne

Sie haben aufgehört zu schießen.

Die Sonne ist anders hier, gelb. Das habe ich gleich am ersten Tag zu Ilona gesagt: Die Sonne ist anders hier. Ilona stand vor Bernds Wagen und rieb mit der rechten Hand ihre Stirn. Bernd hatte mich nicht verstanden, er schrie: Was?, Ilona sagte nichts. Ich ging zurück ins Haus.

Ich hatte Bernd vorher nur einmal gesehen, an einem Julitag, im Büro. Er wollte Ilona abholen, und sie stellte uns vor. Mein Kollege, sagte sie. Tag, sagte er, und ich nickte. Natürlich war ich ihm egal, es ging nur um das Haus. Stimmt das, sagte er, zwei Etagen? Ja, sagte ich, so steht es im Katalog.

Theresa wollte das Haus mieten. Ich wäre gern nach Oslo gefahren, Vater hat mir von dort eine Karte geschickt, als ich zwölf war. Oslo ist kalt, sagte Theresa. Sie habe in einem anderen Katalog ein Haus entdeckt, auf das immer die Sonne scheine, und auf der Fotografie könne man einen Garten mit Bäumen erkennen. Ich sehnte mich nicht nach Sonne, aber ich sehnte mich nach Theresa und ihren mageren Schultern und Händen. Eigentlich ist es zu groß für uns, sagte sie. Ich sagte: Wir nehmen es. Wie lange bekommst du Urlaub?, fragte sie, drei Wochen sind besser als zwei.

Natürlich fuhr sie nicht mit. Ich hätte es wissen müssen, ich war zu alt für sie, zehn Jahre älter, sie war erst achtzehn, sie hatte Sommersprossen und keinen Grund, bei mir zu bleiben. Es war ein ganz normaler Tag, als sie anrief, vier Wochen vor dem Urlaub. Vielleicht hatte ich ihren Anruf sogar erwartet, nach den Tagen zuvor, in denen wir uns nicht gesehen, ich viel gearbeitet hatte. Am Telefon hatte sie mehrmals minutenlang geschwiegen. Und jetzt rief sie an, im Büro. Sie sagte nichts, aber ich wusste, dass sie es war. Ich wusste auch, was sie wollte. Weil sie nicht verstand, warum ich lachte, wurde sie wütend. Sie schrie mich an, und dann begann sie zu weinen. Ich hörte ihr zu, endlich sagte ich: Wirf den Schlüssel in den Briefkasten, Theresa! und legte auf.

Ich glaube, ich saß eine halbe Stunde vor dem Telefon, ohne mich zu bewegen. Ich sah auf einen Sprung im Plastik des Hörers, von dem ich wollte, dass er wie ein Fragezeichen aussah, aber er war ganz gerade. Ilona beugte sich tief über ihre Tastatur und blickte nicht zu mir herüber. Ich hörte ihre Finger auf den Tasten und spürte, dass sie sich bemühte, leise zu sein. Vielleicht habe ich sie deshalb gefragt, ob sie und ihr Freund die Hälfte eines Ferienhauses haben wollen, drei Wochen lang.

Neben mir in den Sonnenblumen raschelt etwas, ein Vogel vielleicht, ich kann nichts erkennen. Es tut gut, das Geräusch. Ich glaube, ich würde jetzt gern einen Schuss hören.

Die Schüsse sind mir schon am ersten Tag aufgefallen, kurz nachdem Bernd und Ilona angekommen waren. Sie trugen ihre Tasche ins Haus, und ich dachte: wenig Gepäck. Sie zogen leichte Sachen an, ich hatte Ilona vorher nie in Shorts gesehen. Ich ging nach draußen, während sie etwas aßen, es war Nachmittag und heiß. Auf der Wiese neben dem Haus schaute ich mich um. Das Haus liegt einsam, auf einem Hügel, ich sah erst in die eine Richtung, dann in die andere. Sonnenblumenfelder, die Blütenköpfe von der Sonne schwarz gebrannt, umgegrabene Flächen mit großen kantigen Erdbrocken, Olivenbäume, Wein, über allem das Geschrei der Zikaden. Die Luft erinnerte mich an Glas. Ich glaubte, einen Schuss zu hören.

Ilona trat hinter mich und sagte: Ist das der Garten? Es gibt keinen Zaun, sagte ich. Sie hörte mir nicht zu, blinzelte gegen das Licht und fragte: Wer hat da geschossen? Bernd brachte Liegestühle, einen für sich, einen für Ilona, er hatte sie im Abstellraum gefunden. Er stellte die Stühle genau in die Mitte der Grasfläche. Bis später dann, sagte Ilona. Sie legte sich hin und schloss die Augen, ich sah auf ihre Beine, Bernd hustete. Ich hatte nicht gewusst, dass Ilona so schöne Beine hat.

In Sichtweite unseres Hauses fand ich am Wegrand eine kleine Mauer aus Natursteinen, auf der ich sitzen konnte. Weil sie an einigen Stellen halb abgetragen war, dachte ich, es sei eine gute Idee, sie zu reparieren. Ich suchte möglichst helle Steine und trug sie zu einem Haufen zusammen. Solange ich etwas tat, schienen die Zikaden leiser zu schreien.

Später fuhr Bernd ins nächste Dorf um einzukaufen. Ilona und ich saßen in der Küche, Ilona las ein Buch. Bernd kaufte vier Dosen passierte Tomaten von vier verschiedenen Firmen, fünf Gläser grüne Oliven, eine Flasche Rotweinessig, eine Flasche Weißweinessig, mehrere Dosen mit Thunfisch und Sardinen, drei Flaschen Wein. Zuunterst in seinem Rucksack lag ein Brot. Ich mag keinen Fisch und keine Oliven. Wir aßen gemeinsam, Ilona las auch beim Essen, sie sah kaum auf von ihrem Buch. Bernd trank viel.

Am nächsten Tag fuhr ich mit dem Wagen zu einer kleinen Stadt in den Bergen. Ich stieg Treppen hinauf und hinunter, lief durch die engen Gassen und sah mir die Auslagen in den Geschäften an. Die Häuser mit ihren Ecken und Winkeln waren schmal, rötlich verputzt, und Leinen mit nasser Wäsche gingen von einer Straßenseite zur anderen. Überall Katzen und Kinder. Ein Junge sprach mich an und zog mich in einen Laden, in dem ein sehr dicker Mann mir verschiedene Sorten Salami vorlegte. Die beiden lachten und redeten auf mich ein, ich konnte sie nicht verstehen, und als sie das bemerkten, redeten sie noch schneller. Schließlich zeigte ich auf eine der Salamis, zum Zeichen, dass ich sie kaufen wolle. Der

Junge verstummte, der Mann rollte die Salami in ein Stück Papier und schlug mir zum Abschied mit beiden Händen auf die Oberarme.

Ich sah, wie in einem Hinterhof eine Frau ein Kind ohrfeigte. Sie hielt es mit der einen Hand fest und ohrfeigte es mit der anderen. Das Gesicht des Kindes war rot, aber es weinte nicht. Ich zögerte und bog dann in eine breitere Straße ein, die bergauf führte, zu einer Kirche aus unverputzten Steinen. Auf allen Mauervorsprüngen der Kirchenfassade saßen Tauben und drückten die Körper an die warmen Ziegel. Sie saßen so still und reglos, als wollten sie jeden Moment gemeinsam davonfliegen. Ich blickte auf die hölzernen Türflügel. Wäre Theresa bei mir gewesen, hätte ich gern die Klinke gedrückt und wäre hineingegangen, Theresa mochte Kirchen.

Bei meiner Rückkehr lagen Bernd und Ilona noch auf den Liegestühlen, die Sonne stand niedrig, und Ilona las. Bernd sah auf und fragte, wie mein Tag gewesen sei. Ich wollte über das Kind in dem Hof sprechen oder über die Tauben, aber dann erzählte ich nur von der Salami, die ich gekauft hatte. Vielleicht verstanden sie mich gar nicht, ich sprach zu leise, vielleicht waren die Zikaden lauter als ich. In der Stadt hatte es keine Zikaden gegeben.

Am anderen Morgen arbeitete ich an der Mauer. Als ich das Haus verließ, schienen Bernd und Ilona noch zu schlafen, ich hörte nichts von ihnen, die Tür zu ihrem Zimmer war geschlossen. Der Haufen heller Steine lag da, wie ich ihn verlassen hatte, und ich begann, die Steine in den Mauerlöchern übereinander zu schichten, was schwieriger war als erwartet. Erst am Nachmittag hatte ich das erste Loch gefüllt. Ich wollte mich auf die Stelle setzen, um sie zu prüfen, tat es dann aber nicht. Meine Steine lagen schief und unsicher aufeinander, und die Mauer war noch lang. Ich drehte mich um und sah hinüber zum Haus.

Es war schon fünf, trotzdem beschloss ich, ein zweites Mal in die Stadt in den Bergen zu fahren. Meine Hände fühlten sich von der Arbeit trocken und rissig an, ich schob sie in die Hosentaschen. Hinter dem nächsten Hügel wurde wieder geschossen. Ich ging zum Haus und holte den Wagen, von Bernd und Ilona sah ich nichts, wahrscheinlich saßen sie im Garten.

Die Gassen waren schattig, und es dauerte nicht lange, bis der Junge vor mir stand, der mich in das Salamigeschäft gezogen hatte. Er erkannte mich und griff nach meiner Hose. Wieder redete er schnell und viel, ich sah über seinen Kopf hinweg auf einen besonders roten Stein in einer Fassade. Wenig später stand ich vor dem dicken Mann und kaufte eine zweite Salami. Als ich aus dem Geschäft in die Gasse trat, musste ich mich auf eine Türschwelle setzen. Plötzlich war mir schwindlig.

Zurück, im Dunkeln, fuhr ich sehr langsam. Auf der Zufahrt zum Haus begann der Motor zu stottern, der Wagen rollte noch ein paar Meter und blieb dann stehen. Die Benzinnadel zitterte einen halben Zentimeter unterhalb der Null. Vielleicht war die Anzeige kaputt, ich konnte mich nicht daran erinnern, das Warnlicht gesehen zu haben. Seit ich den Wagen besaß, hatte ich nie vergessen zu tanken, ich denke immer an Dinge wie Tankfüllungen und Steuererklärungen, Theresa mochte das. Ich entspanne mich, sagte sie einmal, das war an einem Dienstag: Ich entspanne mich, du bist meine Sicherheit. Erst später habe ich das Wort als unpassend empfunden.

Nachts war es heiß in meinem Zimmer, und ich träumte schlecht. Irgendwann stand ich auf und öffnete beide Fenster, aber es blieb heiß. Am Morgen schlief ich lange, ging dann in die Küche. Ich konnte keinen Espresso kochen. Bernd oder Ilona mussten das glühendheiße Kännchen auf den grünen Topflappen gestellt haben, der sonst an einem Nagel neben der Küchentür hing. Der Lappen war verbrannt, er stank und ließ sich nicht vom Boden des Kessels lösen. Ich wollte Kaffee, aber ich wollte nicht erst sauber machen. Deshalb ließ ich alles so, wie es war, auf dem Herd stehen.

Sie saßen im Garten, als ich hinauskam, Ilona war dabei, Bernd den Rücken einzureiben. Ich gähnte. Bernd sagte: Wir haben uns gestern gar nicht gesehen. Nein, sagte ich. Ich bat ihn, mit meinem Reservekanister ins Dorf zu fahren und mir Benzin zu holen. Ich bat ihn nicht gern darum, während er in der Sonne lag, aber mir blieb nichts anderes übrig. Willst du auch?, fragte Ilona und sah mich an. Ich wusste nicht, was sie meinte. Sonnenmilch, sagte sie, und ich schüttelte den Kopf. Sie rieb die Handflächen an den Beinen ab, bevor sie nach ihrem Buch griff. Der Einband zeigte die Fotografie einer Frau in Schwarz, neben der ein dicker Hund lag. Die Frau blickte in die Kamera, als hätte sie selbst gern ein Hundefell. Entspannst du dich, fragte ich Ilona, genießt du den Urlaub? Aber sie schien mich nicht zu hören.

Es ist nicht so, dass ich mich im Büro oft mit Ilona unterhalten hätte. Sie tat ihre Arbeit, ich tat meine. Manchmal sprach sie über ihre Katze. Ich weiß nicht, wo sie die Katze für die Zeit des Urlaubs untergebracht hat, ich habe nicht danach gefragt. Ich denke, die Katze hat zu fressen.

Entschuldige, sagte Bernd, aber du nimmst mir die Sonne. Ich trat einen Schritt zurück. Das Benzin, sagte ich. Klar, sagte er, besorge ich, später. Ich nickte. Ilona sah auf und lächelte. Setz dich doch zu uns, sagte sie. Ich nickte wieder und setzte mich neben Bernds Liegestuhl auf den Rasen. Das Gras war hart, von der Sonne ausgetrocknet. Ich sah, wie Ameisen aus einem Loch neben meinem linken Schuh krabbelten. Sie liefen sehr schnell hin und her, ich erkannte keinen Sinn in dem, was sie taten, sie transportierten nichts, liefen nur ein Stück in irgendeine Richtung und kehrten dann wieder um. Kam eine von ihnen in die Nähe meines Fußes, zog ich ihn an den Körper heran.

Es wurde Mittag, Ilona las, Bernd schien zu schlafen. Sehr nah fiel ein Schuss. Ilona sah auf und sagte: Das ist so gut. Ich wusste wieder nicht, was sie meinte. Bernd öffnete die Augen und antwortete: Aber die Zikaden sind laut. Ich hatte die Zikaden an diesem Morgen noch gar nicht bemerkt. Erst nachdem Bernd sie erwähnt hatte, fiel mir auf, dass sie tatsächlich laut waren. Sie schrien rhythmisch, hörte eine auf, setzten andere ein. Dann wieder waren sie alle still, so plötzlich, als hätte ihnen ein Dirigent das Zeichen gegeben. Ich versuchte herauszufinden, ob es immer dieselbe Zikade war, die nach solchen Pausen als Erste neu einsetzte. Ich hatte den Eindruck, es sei eine Zikade in der Hecke hinter mir, mit einem besonders hohen Ton. Meine Ohren schmerzten wie nach einem Streit mit Theresa, die Zikade schrie lauter und lauter. Ich griff nach einer Ameise, die meinen Fuß erreicht hatte, und zerdrückte sie zwischen den Fingern. Bernd hatte die Augen wieder geschlossen. Mit der flachen Hand schlug ich ein paarmal auf die umherlaufenden Ameisen ein, bevor ich aufstand.

Um den Wasserhahn, der aus der Hauswand ragte, war ein Schlauch gewickelt. Ich steckte ihn auf und zog das Ende zu Bernd und Ilona. Der Schlauch war lang genug, ich legte ihn auf dem Rasen ab. Dann ging ich noch einmal zum Haus und drehte das Wasser auf. Ich richtete den Strahl zuerst auf das Ameisenloch, dann auf die Hecke, vor der ich gesessen hatte, zuletzt in die Bäume dahinter. Ilona legte ihr Buch beiseite und fragte, was ich da mache. Die Zikaden, sagte ich, das wollte ich schon die ganze Zeit tun. Sie lachte. Die Zikaden verstummten eine nach der anderen, als das Wasser sie traf. Ich versuchte, gründlich zu sein, und überspülte alles ein zweites Mal. Bernd wachte auf und sah erst mich an, dann Ilona. Er drehte sich zu ihr und flüsterte ihr ins Ohr, sie lachte wieder, er streichelte ihren Arm. Sie standen auf und gingen ins Haus, wobei Bernd eine Hand um Ilonas Nacken legte.

Den Schlauch aufzuwickeln dauerte eine Weile. Über mir wurde das Fenster von Bernds und Ilonas Zimmer geschlossen. Ich dachte darüber nach, was ich tun konnte. Die Zikaden begannen schon wieder zu schreien, erst zaghaft, dann heftiger, als müssten sie die verlorene Zeit aufholen. Ins Haus wollte ich nicht gehen, wenn Bernd und Ilona miteinander schliefen. Ich hätte an meiner Mauer weiterarbeiten können, aber ich wusste, ich würde keine Ruhe finden, solange der Wagen ohne Benzin war. Schließlich holte ich den Reservekanister aus dem Kofferraum. Es konnte nicht länger als ein oder zwei Stunden dauern, ins Dorf zu laufen und ihn an der kleinen Tankstelle füllen zu lassen. Ich dachte, ich würde mich besser fühlen, sobald der Wagen fahrbereit war.

Ich nahm nur den Kanister mit, Geld und mein Taschenmesser. Ich weiß nicht, warum ich das Messer eingesteckt habe, ich gehöre nicht zu den Menschen, die immer ein Messer bei sich tragen müssen. Aber bevor ich mit dem Kanister ins Dorf lief, trank ich Wasser aus dem Hahn in der Küche. Das Taschenmesser lag aufgeklappt in der Mitte des Holztischs, Bernd oder Ilona mussten es benutzt haben. Erst wollte ich nur die Klinge einrasten lassen, aber dann steckte ich es in die Hosentasche. Den ganzen Weg über schlug es gegen mein Bein, bei jedem Schritt.

Ich habe das Messer nicht verloren, ich spüre es unter meinem linken Oberschenkel, vermutlich bekomme ich einen blauen Fleck. Ein Messer kann mir hier überhaupt nichts nützen.

Ich brauchte eine Stunde, um das Dorf zu erreichen. Ich dachte darüber nach, querfeldein zu gehen und einen Teil des Weges abzukürzen, aber dann blieb ich doch auf der Straße. Ich habe Angst vor Schlangen. Man hat mir gesagt, dass es hier keine gibt. Aber auf dem Weg zum Dorf sah ich, dass die sandige Erde der Sonnenblumenfelder ausgetrocknet und rissig war. Die Risse waren tief und bis zu einem Meter lang, ich dachte, wenn ich eine Schlange wäre, würde ich gern in so einem Riss liegen statt in der Sonne und an der heißen Luft. Außerdem hatte ich einen Ast gesehen, der, als ich blinzelte, wie eine Schlange aussah.

Ich weiß nicht, warum ich an Schlangen denke, während ich so auf der Erde liege. Die Sonne macht hilflos. Man hat mir doch gesagt, dass es hier keine Schlangen gibt.

Die Tankstelle befand sich am anderen Ende des Dorfes, ich ging auf der einzigen Straße an den schmalen zweistöckigen Häusern vorbei. Es war niemand zu sehen, nur die Katzen lagen auf den Fensterbänken und schlossen ihre Augen, wenn ich vorüberlief. Im Windschatten der dritten Kurve lag die Bar. Vor dem Eingang stand eine Reihe von Stühlen, auf denen die Männer des Dorfes saßen, meist zu zweit, dann blieb ein Stuhl frei, dann saßen wieder zwei beieinander. Aufgereiht wie eine Perlenkette, hätte Theresa gesagt. Für mich waren es alte Männer, die nicht sprachen.

Die Tankstelle schien geschlossen zu sein. Ich sah keinen Besitzer, und ein Vorhängeschloss versperrte die Tür der niedrigen Baracke. Neben der Zapfsäule war der Schlauch nicht richtig aufgehängt, Benzin tropfte auf die Erde. Ich dachte daran, meinen Kanister zu füllen und das Geld später vorbeizubringen, aber vermutlich war die Zapfsäule gesichert. An der Barackenwand hing ein Schild, verdreckt, die Zahlen kaum zu erkennen, ich entzifferte eine Achtzehn. Sechs, bis dahin waren es noch mindestens drei Stunden. Ich konnte nicht so lange an der Straße sitzen, es gab hier keine Bäume. In der Bar wollte ich nicht warten. Ich schüttelte den Kopf und beschloss zurückzugehen. Schließlich hatte Bernd versprochen, mir Benzin zu holen, ich dachte, mit etwas Glück wäre er schon auf dem Weg, und ich würde ihn unterwegs treffen.

Als ich wieder an der Bar vorbeikam, begann einer der Männer zu lachen. Ich schaute auf. Es war ein Alter mit kahlem Kopf, der lachte, er blickte meinen Kanister an und stieß seinen Fuß auf den Boden. Auch die anderen Männer sahen jetzt zu mir herüber und fingen an zu lachen und etwas zu rufen, was ich nicht verstand, am lautesten einer, der den Arm in der Schlinge trug. Ich ging schneller. Der mit dem Arm in der Schlinge sprang auf und kam mir hinterher, er winkte und sah freundlich aus, aber ich bog um die Straßenecke und begann zu laufen. Der Kanister schien mir schwer, obwohl er leer war. Erst als das Dorf weit hinter mir lag, wurde ich langsamer.

An den Rückweg kann ich mich kaum erinnern. Ich hielt den Kopf gesenkt und sah auf den Asphalt unter meinen Füßen. Ich glaube, ich dachte an nichts, bis ich wieder in der Auffahrt zum Haus stand. Es gibt ein Bild in meinem Kopf von zwei Olivenbäumen, die eng umschlungen an einer staubigen Kreuzung stehen. Ich habe die Bäume gesehen und plötzlich gedacht, ich müsste weinen, über irgendetwas. Vielleicht ist das an einem anderen Tag und auf einer anderen Straße gewesen, ich bin nicht sicher.

Ilona und Bernd saßen nicht im Garten, ihr Wagen stand aber an der gewohnten Stelle, sie konnten nicht weggefahren sein. Im Haus war es still. Ich ging in die Küche. Die beiden mussten, während ich fort war, Salat gegessen haben, es lagen welke Blätter auf dem Tisch, daneben stand die Essigflasche. Sie war offen, es roch nach Essig, und in den Fugen zwischen den Bodenfliesen sammelte sich verschüttetes Olivenöl. Ich wusste nicht, wie ich es aufwischen sollte, es gab keinen Lappen. Ich zog meine Schuhe aus, deren Sohlen fettig geworden waren, ich wollte das Öl nicht in alle Zimmer tragen. Auch auf der Treppe waren Flecken, Ilona und Bernd hatten ihre Schuhe wohl nicht ausgezogen. Ich versuchte, die Lachen mit Papiertüchern aufzuwischen, verteilte das Öl aber nur. Bald war der ganze Boden von einem dünnen Film bedeckt, und plötzlich rutschte ich aus und musste mich auf den Fliesen abstützen. Ich stand auf und hielt mich am Türrahmen fest.

Ich wollte fort. Ich wollte den Wagen nehmen und losfahren, irgendwohin. Theresa hatte das Haus mieten wollen, nicht ich, ich wäre nach Oslo gefahren. In Oslo hätte es keine Zikaden gegeben und keinen Salat, es hätte dort keine Sonne gegeben, Theresa mochte Sonne, nicht ich, die Sonne brannte mir Theresas Bild in die Kopfhaut. Ich wollte nach Oslo fahren, sofort. Ich zog die Schuhe wieder an, nahm meinen Kanister und stieg die Treppe zu Bernds und Ilonas Zimmer hinauf.

Die Tür war geschlossen, ich klopfte. Erst nach einer Weile öffnete Bernd, er trug Unterhosen und ein zerlegenes T-Shirt, und ich versuchte, ihm nur ins Gesicht zu sehen. Das Zimmer war dunkel, ich hörte, dass Ilona weinte. Was ist, sagte Bernd, wie siehst du denn aus. Ich hielt ihm den Kanister hin. Das Benzin, sagte ich, bitte, ich muss hier weg. Beide Arme ausgestreckt, stand ich ihm gegenüber. Etwas an meiner Haltung oder in meinem Blick muss ihn wütend gemacht haben, oder vielleicht lag es an Ilonas Weinen. Bernd trat auf mich zu, den rechten Arm erhoben, ich erschrak und machte einen Schritt zurück. Hol es dir selber, sagte er, merkst du nicht, dass es nicht geht. Alles in Ordnung mit euch, fragte ich, braucht ihr was? Er sagte: Hau einfach ab. Draußen fiel ein Schuss. Ilona schrie auf, sie rief: Wer schießt hier die ganze Zeit? Hau ab, brüllte Bernd, und dann schrie er Ilona an: Jäger, ich habe gesagt, es sind Jäger! Er schlug die Tür zu.

Ich schloss die Augen. Ohne es zu wollen, erinnerte ich mich an eine Autofahrt mit Theresa, nachts auf der Schnellstraße Richtung Norden. Wir hatten gestritten, über den Wetterbericht für den nächsten Tag oder darüber, dass Theresa an Horoskope glaubte. Wir hatten gestritten, dann lange geschwiegen, mir fielen vor Müdigkeit die Augen zu, und plötzlich fragte Theresa etwas. Ich war nicht auf ihre Stimme gefasst gewesen, ich erschrak, riss das Steuer herum und schrie. Ich schrie: Sprich mich nicht an, du sollst mich nicht ansprechen, wenn ich fahre! Ich schrie wie Bernd, mit der gleichen hohen Stimme.

Als ich die Augen öffnete, stand ich vor Bernds und Ilonas Zimmer und hörte Ilonas Weinen, das jetzt klarer und fast nüchtern klang. Nachdem mein Wagen am Straßenrand zum Stehen gekommen war, hatte auch Theresa auf diese Art zu weinen begonnen. Und plötzlich begriff ich, dass ich sie dort verloren habe, auf dieser Schnellstraße und mit diesem Weinen, Wochen, bevor wir uns wirklich trennten.

Ich rannte die Treppe hinunter. Erst im Garten bemerkte ich den Kanister in meiner Hand und warf ihn fort. In meinen Ohren klirrte es, ich konnte kaum laufen, die Luft schien dünner zu werden. Als ich den Weinberg erreicht hatte, blieb ich stehen und hielt mich an einem der Spaliere fest. Ich übergab mich zweimal, was mir schwer fiel, ich hatte nur wenig gegessen. Ich kniete mich ins Gras, und sobald ich wieder atmen konnte, lief ich weiter. Rechts fielen Schüsse, also lief ich nach links, den Weinberg hinab, an den Spalieren mit den kleinen, schon blauen Trauben entlang. Ich stolperte durch die Furchen, in ein Sonnenblumenfeld hinein. Zwischen den Stängeln gab es Risse im trockenen Boden, aber ich dachte jetzt nicht an Schlangen, ich lief und wusste nicht, wohin, ich wollte laufen und an nichts anderes denken. Am Fuß des Hügels sprang ich über einen Graben und wäre beinahe gestürzt, aber ich lief weiter, wieder hinauf jetzt, über ein Feld mit großen halbreifen Tomaten, immer geradeaus, meine Beine bewegten sich von allein, das Laufen fiel mir leicht, das nächste Feld wieder voll Sonnenblumen, dahinter ein Olivenhain.

Plötzlich hörte ich einen Schuss, sehr nah, dann Gebell. Ich blickte auf und erkannte zwischen den Olivenbäumen zwei Hunde. Sie rannten den Hügel hinauf, sahen aus wie aus einem Wurf, weiß mit braunen Flecken an Beinen und Kopf, sie lagen auf gleicher Höhe, sprang der eine nach vorn, sprang auch der andere. Ich musste lachen, lachte laut, ohne dabei das Tempo zu verringern. Der nächste Schuss fiel, und ich stolperte.

Zuerst erschrak ich nur darüber, nicht weiterlaufen zu können. Dann erst spürte ich den Schmerz, mein Bein, ich konnte es nicht bewegen. Als ich den Kopf drehte, sah ich, dass die Hose am rechten Oberschenkel zerrissen und blutig war. Ich schaute woandershin. Das Bellen der Hunde wurde leiser. Es waren keine Schüsse mehr zu hören. Um mich wurde es still.

Die Hunde haben mich nicht gefunden. Einmal noch habe ich einen Schuss gehört, weit entfernt. Ich liege und warte. Natürlich habe ich versucht aufzustehen, das Bein tut kaum weh, aber es fühlt sich an, als gehörte es nicht zu mir, ich falle sofort wieder um. Ich hoffe, dass Bernd und Ilona jetzt nach mir suchen. Ich glaube aber nicht, dass sie das tun. Ich kann mich nicht konzentrieren. Wenn ich an Theresa denken will, sehe ich Ilona vor mir und höre sie weinen, obwohl ich weiß, dass Ilona nicht Theresa ist.

Ich habe versucht, mich an die Frage zu erinnern, die Theresa mir auf unserer nächtlichen Autofahrt gestellt hat. Aber ich habe sie vergessen. Ich habe vieles vergessen, was mit Theresa zu tun hat.

Jetzt schießen sie wieder.

Wachteln, Kinder, Konzentration

Es hat keinen anderen Grund gegeben, in den Wildpark zu fahren, als den, dass am Feiertag die Sonne scheint. Gernot schließt die Fahrräder aneinander und steckt den Schlüssel zurück in die Anoraktasche. Ulrike steht neben ihm und hält die Hände, verdreht und ineinander verschränkt, vor ihren Bauch. Sie trägt schwarze Stulpen aus Baumwolle über den Gelenken und sagt: Der Futterautomat steht da vorn. Ihre Stimme ist heiser von der Erkältung, mit der Gernot sie angesteckt hat, tagelang hat sie husten müssen und schwer geatmet. Gernot denkt daran, dass sie noch am Vorabend wenig gesprochen hat und auch am Morgen beim Frühstück.

Vor den ersten Schildern bleiben sie stehen. Vorkommen von der Baumgrenze im Norden bis in die gemäßigten Breiten auf der ganzen Welt, liest Gernot vor. Eine Frau mit Kinderwagen stoppt und hört ihm zu. Aber in Mitteleuropa ist er doch ausgerottet, sagt Ulrike. Gernot kann den Luchs nirgendwo entdecken, nicht in der Hütte und nicht auf dem abgesägten Stück Baumstamm. Vielleicht ragen im hinteren Teil des Geheges, kurz vor dem Zaun, die Ohrpinsel aus dem Gras, aber Gernot sieht nicht ganz scharf. Er hat seine neue Brille auf dem Küchentisch liegen lassen. Sie sind aufgebrochen, als wären sie in Eile, die Zeitung noch ausgebreitet über den Eierschalen, in den Tassen Kaffeereste mit schwarzen Körnern darin.

Schön hier, sagt Ulrike. Er beugt den Kopf zu ihr hinunter

und riecht an ihrem Nacken, bis sie um seinen Hals herumgreift und seine Nase gegen ihre Haut stößt. Er weiß nicht, woran er zweifelt. Findest du wirklich?, fragt er.

Der Weg ist mit rotem Sand bestreut, die Rehe und Ziegen kommen nah an die Drahtmaschen heran und nehmen die angebotenen Eicheln und Gräser mit den Lippen von ihren flachen Händen. Gernot fällt auf, wie viele Kinder unterwegs sind, wie viele kleine Familien, wie viele Großväter und Großmütter, die die stolpernden Enkelinnen auffordern, mit den Händen über die Knie zu fahren und putzeputze zu machen. Ein kaum Dreijähriger drückt ein Metallauto an die Brust. Hochschwangere Frauen gehen schnell und angespannt an den Volieren vorüber. Gernot greift nach Ulrikes Hand und lässt sie wieder los. Es muss ausgesehen haben, als wollte er zeigen, dass sie zusammengehören. Sie fragt: Hast du noch Eicheln?

Auf einer Hinweistafel am Gehege der Fischotter ist die nächste Fütterung für halb zwei angekündigt, das ist in zehn Minuten. Eine Frau mit Kittelschürze und einem gelben Eimer am Arm versorgt die Nerze nebenan. Gernot fragt, ob die Otter wirklich Fische bekämen. Sie schüttelt den Kopf, nicht immer, Fische gebe es nur am Wochenende, dann stünden die Kinder vor dem Elektrozaun Schlange. Das wollen sie alle sehen, sagt sie. Die zwei Fischotter gleiten nebeneinanderher durch das Wasser, und wenn sie tauchen, sieht man die kräftigen flachen Schwänze. Dort drüben sitzt ein Waschbär, sagt Ulrike. Gernot will zur Fütterung bleiben, er hat noch nie einem Otter beim Fressen zugeschaut.

Ulrike hält das Gesicht in die Sonne. Eine Seite ist heiß, sagt sie, aber die andere friert. Vor allem an der Schulter, am Hals, sagt sie. Mit geschlossenen Augen und steilem Kinn geht sie in Richtung Waschbärgehege, bis sie mit dem Bauch gegen die hölzerne Absperrung stößt. Gernot, sagt sie, ich muss dir etwas sagen. Er geht ihr hinterher, bemerkt eine zuckende Ader an ihrer Schläfe und sieht weg. Weißt du, fragt er, ob es hier Uhus gibt? Vielleicht, denkt er, werden auch die Uhus gerade gefüttert. Die Eulenvögel haben ihn immer erregt, ihre Unbeweglichkeit, das lautlose Schlagen mit den Flügeln.

Am Vortag hat es geregnet, stundenlang und schräg gegen die Hauswand, und Ulrike hat vor den Fensterscheiben gestanden, abwechselnd das linke und das rechte Auge zugehalten und nach draußen gesehen. Jetzt hat die Sonne die meisten Pfützen getrocknet, nur in der Wegmitte, in einer länglichen Vertiefung, steht noch Wasser. Es sieht braun und dickflüssig aus, das Licht fällt durch die Bäume und bricht sich an der Oberfläche. Gernot beobachtet das Kind mit dem Metallauto, das mit seinen Gummistiefeln in die Pfütze hineinläuft, sich breitbeinig aufstellt und die Arme zur Seite streckt. Dann schwingt es den Oberkörper nach vorn und sieht durch die Beine hindurch den herankommenden Eltern entgegen. Dabei berührt seine blaue Kapuze das Wasser. Björn, ruft die Mutter. Das Kind richtet sich auf, streift mit einer schnellen Bewegung die Kapuze ab und taucht den Kopf erneut in die Pfütze. Die Mutter schreit: Björn, hör auf! und läuft schneller. Vorsichtig senkt das Kind den Kopf, bis das Wasser die Hälfte der Stirn bedeckt. Dann ist die Mutter bei ihm und zieht es hoch. Die blonden Haare stehen wie ein Hahnenkamm über dem Scheitel, das Kind hebt die Hand und tastet über die nassen Strähnen.

Gernot sieht Ulrikes Blick. Sie starrt in die blauen Kinderaugen. Ich muss mit dir reden, sagt sie, sie haben mir gestern gekündigt. Er glaubt zuerst, er habe sich verhört. Dem Kind läuft ein brauner Tropfen die Wange hinunter, es verzieht den Mund, und Gernot sagt: Was?

Fütterung, ruft die Tierpflegerin mit dem gelben Eimer. Vor dem Zaun der Fischotter schieben sich die Menschen hin und her. Ich will das sehen, sagt Gernot. Er nimmt Ulrike am Arm und zieht sie über den Weg, sie wehrt sich. Schnell, sagt er, wir bekommen keinen Platz mehr. Er versucht, an die Otter zu denken. Jetzt hat er nicht einmal herausgefunden, ob es Uhus gibt.

Die Fischotter laufen vor dem seitlichen Eingang auf und ab, sie bewegen sich wie unförmige Schlangen, die Rücken bilden Buckel, glitschig und braun. Der eine Otter gibt Geräusche von sich, die wie ein Husten klingen, der andere fiept. Männchen und Weibchen, sagt Gernot, hörst du das? Er fragt: Ulrike? Sie schweigt und versucht, seine Hand von ihrem Arm zu schieben. Er bemerkt, dass er noch immer den Stoff ihrer Jacke umklammert hält. Die Pflegerin öffnet die Drahttür und wirft jedem Otter zwei magere weiße Vögel hin. Die Otter springen in die Luft und fangen die Körper mit den Zähnen, dann tragen sie sie ins seichte Wasser, beginnen zu fressen. Sie fressen im Abstand von einem Meter und ohne aufzusehen.

Entschuldigen Sie, sagt Gernot zu der Pflegerin, die eine Schubkarre aufgenommen hat und sich ihren Weg durch die Menge bahnt. Er fragt: Was sind das für Vögel? Wachteln, sagt die Frau, später bekommen sie noch eine. Und am Morgen, sagt sie, immer eine schöne Ratte. Hast du mir zugehört?, fragt ihn Ulrike. Er spürt, dass seine Augen tränen. Er kennt das, er hat dann entweder zu wenig oder zu viel geschlafen. Die Frau trägt Wollhandschuhe mit Löchern an den Fingerkuppen und eckig wirkende Gummistiefel. Er fragt: So viel fressen die? Sie lacht. Ist doch nichts dran an so einer Wachtel, sagt sie, die sind erst ein paar Tage alt. Jetzt sieh wenigstens hin, sagt Ulrike, das wolltest du doch.

Die Otter fressen die Wachteln, den Kopf zuerst. Sie recken die Hälse und schlagen die Zähne in Federflaum, Haut und Knochen. Eklig, sagt eine Mutter mit Kinderwagen. Gernot versucht sich zu erinnern, ob es die Frau von vorhin ist, die Frau, die sie bei den Luchsen gesehen haben. Das Kind mit dem Metallauto steht an der Absperrung und hält den Mund weit offen. Der Vater hinter ihm sagt: Sieh nicht hin. Die Otter würgen die Wachteln hinunter, indem sie immer wieder den Kopf hochwerfen und schnappen und schlingen. Was sich in ihren Mäulern befindet, wird mit den Zähnen so bearbeitet, dass es durch den Schlund passt. Die katschen, sagt das

Kind mit dem Metallauto. Sie haben mich ins Büro gerufen, sagt Ulrike, ich hatte noch nicht mal meine Tasche eingeschlossen. Natürlich bekomme sie noch Geld, aber es sei ihr freigestellt worden, nach Hause zu gehen. Soll ich dich in den Arm nehmen, fragt Gernot. Lass, sagt Ulrike, sie brauchen mich eben nicht mehr.

Gleichzeitig sind die Otter mit ihrer ersten Wachtel fertig geworden und suchen im Wasser, zwischen den verfaulten Pflanzen, nach der zweiten. Dass sie so konzentriert sind, sagt Ulrike. Gernot denkt an das Frühstück am Morgen, die Krümel auf den Fliesen. Er hat sich die erste Zigarette angesteckt, zum weich gekochten Ei, sie herunterglühen lassen und im Radio nach einem Sender gesucht, bis ihm die Glut die Finger verbrannte. Er weiß nicht, was er Ulrike sagen soll. Die Zigarette hat nicht geschmeckt. Er hört die Otter schmatzen und die Knochen der Wachteln brechen. Die Otter werfen die Köpfe nach oben, die Wachteln hängen aus ihren Mäulern, und wenn die Vögel das Wasser berühren, klatscht es. Ulrike bei der Arbeit, zwischen den teuren Koffern aus Lackleder, den Handtaschen der fremden Firmen, das ist Konzentration gewesen. Ihre hochgebundenen Haare, die goldenen Rosen in den Ohrläppchen, goldene Rosen für jeden einzelnen Kunden, er fragt: Was hast du falsch gemacht? Sie flüstert: Spinnst du?, greift nach seinem Ohr. Umsatzeinbußen, sagt sie, wer zuletzt eingestellt wurde, muss zuerst gehen. Platz da!, ruft hinter ihnen die Pflegerin, hier kommt Nachschub. Aber dann geht sie erst zu den Nerzen.

Ulrike starrt in die Kinderwagen. Gernot kann die Otter nicht sehen, ein Mann hat sich vor ihn geschoben. Entschuldigen Sie, sagt Gernot, wissen Sie, ob es hier Uhus gibt? Einige der Großeltern wollen weiter, auch die Enkelinnen finden die fressenden Fischotter nicht mehr spannend. Kein Kampf ums Futter, kein Fauchen und Beißen, die Großväter sagen: Bei dir und deinem Bruder sieht das anders aus. Nur das Kind mit dem Metallauto schaut noch zu, mit offenem

Mund. Die Mutter tritt kleine Kiesel weg. Du wolltest ja unbedingt her, sagt sie zum Vater. Björn, sagt sie, komm jetzt. Das Kind reißt die Augen auf, ohne zu blinzeln. Der eine Otter ist keine zwei Meter von seinem Gesicht entfernt. Er frisst an der Wachtel, der helle Körper verschwindet, die orangeroten Krallen ragen zu beiden Seiten aus dem Maul heraus und stehen starr in die Luft. Es scheinen sich jeweils vier Krallen am Ende der dürren langen Beine zu befinden, vier Krallen und ein Dorn. Gernot schiebt den Mann beiseite. Das Kind drückt das zerkratzte Auto fester an seine Brust und sagt leise: Nur noch die Beinchen. Igitt, schreit die Mutter.

Ulrike lacht. Gernot, sagt sie, ich hab's. Sie sagt: Jetzt, wo ich keine Arbeit mehr habe, können wir doch ein Kind bekommen. Sie steht vor ihm und hat den Mund ihrer Mutter. Er dreht den Kopf weg, denkt an die Leute, die keine Lederkoffer mehr kaufen, an Worte wie Rezession und Optimierung, wie Hochsteckfrisur, kundenfreundlicher Umgangston, das alles hat ihm gerade noch gefehlt. Ulrike, sagt er, spinnst du jetzt.

Die Pflegerin bleibt vor ihnen stehen. Sie trägt den gelben Eimer am Henkel. Nichts dran an so einer Wachtel, sagt sie und deutet hinein, sehen Sie? Er nickt dreimal, ohne den Blick zu senken. Gibt es bei Ihnen auch Uhus?, fragt er. Was wollen Sie mit denen, sagt sie, die kriegen nur Küken als Futter und warten Stunden, bis sie sie fressen. Mit den Uhus, sagt sie, können Sie sich ins Grab langweilen. Er nickt wieder, er will fragen, wo er die Uhus finden kann. Aber plötzlich reißt die Frau den Eimer an den Bauch und schreit Ulrike an: Was machen Sie denn da?

Er hat nicht bemerkt, dass sie neben ihn getreten ist, keine Bewegung hat er wahrgenommen. Sie hat sich gebückt und einen der Vögel aus dem Eimer gefischt, mit zwei Fingern hält sie die Wachtel am Hals. Der Vogel baumelt, der Kopf mit dem kaum sichtbaren Schnabel hängt herab. Der Körper sieht aus wie von einem winzigen Huhn, Gernot muss an Broiler denken. Er denkt, dass da kein Fleisch auf den Knochen sein kann, tatsächlich. Ulrike, sagt er. Aber sie läuft an ihm vorbei zu dem Kind, das noch immer mit offenem Mund am Gitter steht. Sie hält die Wachtel vor sein Gesicht, schwenkt sie und lacht. Das Kind streckt die Hand aus und fragt: Darf ich's auch mal halten? Die Mutter kreischt. Und Ulrike geht in die Hocke, als wäre sie irgendwie eingeknickt, legt von hinten die Arme um die Brust unter dem blauen Kinderanorak, presst die Nase in die Kapuze. Mein Kleiner, sagt sie, meine Wachtel. Das Kind atmet leise. Gernot zieht Ulrike hoch. Geh zu deiner Mutter, Björn, sagt er.

Er will Ulrikes Hand festhalten, aber sie schüttelt ihn ab. Sie hält den Vogel in den immer noch blauen Himmel. Ein Kreis hat sich um sie gebildet, Leute bleiben stehen. Geben Sie jetzt mal die Wachtel her, sagt die Pflegerin. Ulrike lässt das Tier in den Eimer fallen. Gernot hat nicht das Gefühl, dass sie seinem Blick ausweicht, sie sieht ihn nur nicht an. Stellen Sie sich vor, sagt sie zu den Umstehenden, dieser Mann will kein Kind von mir.

Die letzte Wahrheit

In Kristianes Küche rochen wir das Meer. Die Küche lag ebenerdig oder im ersten Stock, je nachdem, ob man von der Gartenseite kam oder aus dem Ort. Kristianes Haus war in den Hügel hineingebaut, Horn sagte, das sei ungewöhnlich in dieser Gegend, Kristiane bewohne eine Rarität. Horn war Architekt, aber wir wussten, warum wir nicht fragten, wann und wofür er das letzte Mal einen Auftrag bekommen hatte. Er trug zerrissene Armeehosen und schwere Stiefel, seine Haare hingen in die Augen wie tabakgelbe Bindfäden, er öffnete morgens um zwölf die erste Flasche Wein und trank dazu einen Kaffee Coretto, das sprach für sich. Vielleicht sprach es auch gegen Horn, oder gegen Kristiane, die Horn am Strand gefunden und mitgebracht hatte, als wäre er eine seltene Muschel.

Wir waren fünf in dieser Nacht in Kristianes Küche, Kristiane, Horn und ich, Desirée und Marcel, der den alten Geräteschuppen auf Kristianes Grundstück gemietet hatte. Kristiane hatte in wochenlanger Arbeit zwei Fenster in den lichtlosen Kasten gebrochen und die Wände gestrichen, seitdem warb sie mit Annoncen in einer Kreiszeitung um Gäste. Im Geräteschuppen standen ein Bett, ein Stuhl und ein Tisch, sonst nichts. Marcel sagte uns, er mache Urlaub, niemand glaubte ihm, aber wir bekamen nichts anderes zu hören. Er war groß und mager, hielt seine langen Haare mit einem Lederband zusammen. Horn behauptete, Marcel sammle im Auftrag einer Behörde Wetterdaten, nachts stehe er am Fenster und trage stündlich Luftfeuchtigkeit, Temperatur und Windrichtung in lange Listen ein, zeichne Tabellen und Balkendiagramme. Kristiane wischte alle Vermutungen mit einer Handbewegung fort und sagte, Horn solle sich um seinen eigenen Kram kümmern. Selbst sie wusste nur, dass Marcel aus der nächsten Stadt kam, dreißig Kilometer weit weg. Nördlich von uns lag das Meer, man konnte zum Strand laufen, aber es dauerte fast eine Dreiviertelstunde. Wenn Marcel wirklich das Wetter beobachtete, hatte er wenig zu tun, es regnete nicht, es stürmte nicht, der Himmel war jeden Morgen aufs Neue beängstigend klar.

Mit wie viel Jahren wirst du sterben?

Ich war nicht wegen Kristiane da, obwohl sie mich einlud, seit sie das Haus gekauft hatte. Ihr Vater war mit vierundfünfzig gestorben, und um nicht mehr an ihn und seinen von der Chemotherapie kahlen Kopf denken zu müssen, gab Kristiane das geerbte Geld in wenigen Monaten aus. Sie kaufte das Haus, weil sie fand, dass es französisch aussah, ihr Vater war Franzose gewesen und nach der Scheidung zurück in die Provence gezogen. Als ich ankam, musste ich zugeben, dass die Wände aus grauen Steinen mit dem schlecht verstrichenen Mörtel dazwischen, die breite Terrasse hinter der Küche und der steil ansteigende Garten nicht hierher gehörten. Es gab ein großes Zimmer im Erdgeschoss, zwei helle Schlafkammern neben der Küche, draußen eine angebaute Dusche und einen Toilettenverschlag. Kristiane kündigte ihre Wohnung, die nur zwei Straßen von meiner entfernt gelegen hatte, sie packte die nötigsten Möbel und ein paar Eimer mit Farbe in ihren alten VW-Bus und fuhr in den Norden. Nach einer Woche hatte sie das Holzimitat von den Zimmerdecken gerissen und große Flächen Schimmel freigelegt. Sie rief mich begeistert an und sagte, es gehe ihr gut. Sie werde die Küche kupferrot streichen, im Ton ihrer Haare.

Gibt es eine Farbe, die dein Leben bestimmt?

Ich war nicht wegen Kristiane da, obwohl sie mich einlud,

seit sie das Haus gekauft hatte, und die Fahrt kaum länger dauerte als fünf Stunden. Vielleicht war ich wegen Desirée da, ich hatte Kristiane erst zugesagt, als sie versprach, dass auch Desirée kommen würde. Desirée spielte Trompete in einem mittelmäßigen Orchester und war Kristianes Freundin gewesen, als ich Kristiane kennen lernte. Damals hatte Desirée die Haare noch lang getragen und immer zu einem strengen Dutt aufgesteckt, und ich hatte nie verstanden, warum Kristiane sie küsste. Aber das war Jahre her.

Wir kannten uns alle entweder zu gut oder nicht gut genug in dieser Nacht in Kristianes Haus, wir blähten die Nasenflügel und rochen das Meer und die sauren Reste der Kokosmilchsuppe vom Vorabend. Ich dachte darüber nach, wo Kristiane die Kokosmilch gekauft hatte, auf keinen Fall in dem kleinen Konsum im Dorf, wo es nur eine Sorte Rotwein in Flaschen und eine im Tetrapak gab. Es wurde zehn, Kristiane nahm eine Auflaufform mit Fisch aus dem Ofen, stellte gewürzten Reis und eine Schüssel Gemüse auf den Tisch, und Desirée stöhnte: Schon wieder thailändisch. Wir aßen mit Stäbchen, aber nur das Gemüse schmeckte asiatisch, über den Fisch hatte Kristiane Knoblauch und Peperoni geschnitten. Horn stöhnte, das sei ihm zu scharf, das Leben mit Kristiane töte seine letzten Geschmacksnerven. Marcel fand wie immer, es schmecke zu gut, um wahr zu sein, er fragte Kristiane, ob sie ihn heiraten wolle, und lächelte vor sich hin. Vielleicht dachte er über das Wetter nach, darüber, dass es nicht regnete, wenn man mit Kristiane zusammen war. Kristiane lachte laut und ohne uns anzusehen, sie schüttelte den Kopf, ihre langen Locken flogen. Horn zog die Brauen zusammen und starrte ihr ins Gesicht, es sah beinahe aus, als machte er sich Sorgen.

Was ist der Unterschied zwischen Hoffnung und Zuversicht?

Desirée konnte nicht sitzen bleiben, sie hatte kein Gras mehr und lief wie ein aufgezogenes Spielzeug durchs Haus, während wir anderen aßen. Da war noch was drin, sagte sie in Horns Nacken, du hast mir den Beutel unter dem Kopf weggezogen, hast meine letzten Krümel in deine blöden Blättchen gestopft. Hier kann man nicht eine Sekunde die Augen schließen, sagte sie. Horn zog den Kopf ein und schwieg, Kristiane versuchte, mit ihren Stäbchen winzige Möhrenstücke zu erwischen. Wo soll ich jetzt was herbekommen, sagte Desirée, warf sich auf einen Stuhl und fuhr mit beiden Händen über ihr Gesicht. Marcel hob die Schultern und schrieb Adressen auf ein herumliegendes Stück Packpapier, wir hatten vergessen, dass er sich in der Umgebung auskannte. Er sagte, es sei ja nicht weit, in einer Stunde könne sie zurück sein. Dreißig Kilometer, sagte er, die Innenstadt ist ausgeschildert. Kristiane legte die Stäbchen beiseite und sagte zu Desirée: Fahr schon, nimm das Auto. Das mache ich, rief Desirée und sprang auf, das mache ich wirklich.

Wir saßen in Kristianes Küche und tranken Wein, Marcel legte eine Kassette in den Rekorder, und irgendwer öffnete irgendwann den Mund, ich glaube, es war Horn, und sagte zusammenhanglos: Tom Waits, wenn man den im Auto hört, fährt man dauernd in Sackgassen. Danach stand er auf und machte neuen Kaffee Coretto. Es war elf, und Kristiane wollte über Biologielehrer reden, aber Horn sagte, er könne sich nicht an seinen erinnern, das sei zu lange her. Marcel stemmte die verschrammten Ellenbogen auf den Tisch, er legte zwei Finger an seine Stirn und erzählte mit einschläfernder Stimme Anekdoten aus dem Sexualkundeunterricht. Wir waren vierzehn, sagte er, und unser Klassenstreber hatte eine Frisur wie Hitler. Er sagte: Es wurde gefragt, was ein Präservativ sei, und keiner antwortete, und dieser Hitler stand auf und rief: Ein Präservativ ist ein dünner Überzug aus Gummi für das männliche Glied beim Geschlechtsverkehr. Kristiane lachte, ich lachte auch, Marcel verzog keine Miene, er lachte nie über seine eigenen Witze. Horn sagte: Warum lacht ihr, das stimmt doch. Kristiane sagte, ihr Biologielehrer sei pädophil gewesen.

Meiner auch, sagte Marcel. Und meiner, sagte ich, wurde sogar verurteilt.

Wer oder was bin ich?

Desirée rief an, Marcel hielt das Handy zwischen den langen bleichen Fingern wie eine tote Maus, er ging auf die Terrasse und telefonierte. Sie solle in einen Club gehen, der Moonlight heiße, der Barkeeper werde ihr weiterhelfen. Als er zurückkam, sagte er: Die geben ihr nichts, weil sie sie nicht kennen. Na, sagte Horn, mit den kurzen Haaren sieht sie auch aus wie ein Bulle. Noch ein Wort, sagte Kristiane und sah wieder niemanden an, noch ein Wort, und du packst deine Sachen und haust hier ab.

Es war zwölf, vor dem Fenster waren die Sterne aufgegangen, ich dachte, ich sei betrunken, nicht von dem Wein, betrunken von etwas, worauf ich keinen Einfluss hatte. Vielleicht ist dein Blutdruck zu niedrig, sagte Horn. Er hatte uns erzählt, dass er Hypochonder sei, Marcel zeigte ihm einen Vogel und sagte, wenn Horn nicht endlich mit dem Rauchen aufhöre, sehe er schwarz für die Lunge. Horn ließ sofort den Tabak fallen, er richtete sich auf und hob die Hände, das sah aus, als würde er beten. Kristiane schob uns auf die Terrasse, ich schob meine Finger in die Hosentaschen, es war kalt, und ab und zu hörten wir ein Rauschen. Das Meer, sagte Horn. Sternschnuppen, sagte Marcel, die fallen runter, dass es zischt.

Ich glaube nicht, dass es im Oktober Sternschnuppen gibt, ich hatte keine gesehen, auch nicht in den Nächten davor. Kristiane brachte Wunderkerzen und später ein Feuerrad, das sie am Geländer befestigte. Als sie mit dem brennenden Streichholz den Ärmel meines Pullovers streifte, stank es nach verbrannter Wolle. Wir starrten in die Funken, das Feuerrad drehte sich und glühte golden, wir hielten die Wunderkerzen von unseren Körpern weg und traten von einem Bein auf das andere. Ich wusste nicht, was ich mir wünschen sollte. Kristiane lachte und hängte sich an Horns Rücken, lehnte die Stirn gegen seinen Nacken. Küss mich, sagte sie, ich habe Geburtstag.

Bist du schon einmal als Pflanze wiedergeboren worden?

Es war eins, wir saßen am Küchentisch, der blau gestrichen war, und niemand sagte Horn, dass Kristianes Küsse in seinem Gesicht Spuren hinterlassen hatten. An seinen Ohren und unter den Augen sah man ihren Lippenstift. Du hast im Juni Geburtstag, sagte ich zu ihr. Sie warf die Haare über die Schulter. Das sei richtig, aber sie feiere, wie in jedem Jahr, ihren zweiten Geburtstag. Marcel hob schon wieder den Zeigefinger zur Stirn, Kristiane trat gegen seinen Stuhl, dass das Holz krachte, sie schrie: Hast du etwa nur einen, du Spießer? Zu mir sagte sie leise: Es ist der Todestag der Bachmann. Eine Seele könne erst dann in einen neuen Körper wechseln, wenn der alte tot sei, deshalb habe sie ein paar Monate ohne Seele leben müssen. Desirée rief an, ich hörte sie brüllen, Marcel nahm das Handy vom Ohr. Ob sie es auch am See versucht habe, fragte er und verdrehte die Augen, als sie weiterbrüllte. Dann fahr zum Studentenwohnheim, sagte er noch, bevor er die Taste zum Auflegen drückte.

Kristiane holte neue Kerzen aus dem Küchenschrank, sie tropfte Wachs auf die Tischplatte, stellte die Kerzen hinein und hielt sie fest, bis das Wachs eine rissige undurchsichtige Oberfläche gebildet hatte. Marcel fuhr mit dem Zeigefinger durch die Flammen, hin und her, bis Horn sagte, die Regelmäßigkeit der Bewegung mache ihn nervös. Dann sagte er: Herzlichen Glückwunsch, Kristiane. Irgendwo tickte ein Wecker, der Rekorder rauschte, das Band war zu Ende und niemand drehte die Kassette um. Plötzlich sprang Marcel auf, dabei stieß er gegen sein Weinglas, ich konnte es auffangen, aber der Wein floss über den Tisch und sammelte sich in Pfützen. Marcel wippte von den Ballen auf die Fersen, er drückte seine Schultern nach hinten und hob die Arme über den Kopf, um den langen Körper zu dehnen. Dann schlug er vor, bis zu Desirées Rückkehr Tat oder Wahrheit zu spielen. Freie Wahl, sagte er, entweder beantwortet man die Frage, oder man muss eine Aufgabe lösen.

Es war zwei, draußen franste der Mond an den Rändern aus, und Horn gab auf Marcels Frage hin zu, in jeder Wohnung, die er miete, als Erstes Wände und Decken maigrün zu streichen. Er zog an einer Haarsträhne, bis er vier Haare in der Hand hielt. Er warf die Haare in eine der Kerzenflammen, sie schmorten zusammen und kringelten sich, als hätten sie Schmerzen. Jetzt war es an ihm, eine Frage zu stellen, er fragte Kristiane, ob sie einen Freund habe, und sie antwortete: Ich habe viele Freunde. Sie hatte die Schuhe abgestreift, sie trug eine karierte Strumpfhose und zog ihre Füße auf den Stuhl. Ich streckte den Arm aus und fuhr mit den Fingern über die schmalen Sohlen, meine Nägel verhakten sich in dem Synthetikgewebe, und über meine Haut lief ein Schauer, so dass ich Luft durch die Zähne sog. Desirée rief ein letztes Mal an, um zu sagen, sie fahre jetzt zurück. Marcel warf das Handy auf einen Stapel Geschirrtücher neben dem Kühlschrank und behauptete, sie habe geschluckt und die Nase hochgezogen. Aber Kristiane sagte, er müsse sich irren, Desirée weine nie.

Hast du schon einmal geweint?

Was versagst du dir?, fragte ich Kristiane, ohne die Hand von ihrem Fuß zu nehmen, sie sagte: Schlaf! und gab die Frage an Horn weiter. Glück, sagte Horn. Er erzählte von einer Hochzeit, auf der er gewesen war, zwei Wochen zuvor, von einer Frau, die den ganzen Abend nur mit ihm getanzt habe. Er sagte: Wir haben im selben Zimmer geschlafen, sie auf dem Sofa und ich auf dem Boden, und dann wollte sie, dass ich mich mit aufs Sofa lege. Er drehte hastig eine neue Zigarette und zündete sie an einer der Kerzen an, Kristiane sagte: Und wieder stirbt ein Seemann. Horn zog zwei- oder dreimal und hustete lange. Er habe sich schlafend gestellt. Warum?, fragte Marcel, aber Horn sagte: Darauf muss ich nicht antworten, das ist eine neue Frage.

Kristiane zog den Fuß weg, so plötzlich, dass meine Finger gegen die Kante ihres Stuhls schlugen, und Horn fiel keine Frage ein. Seine rechte Hand mit der Zigarette zitterte, und er sah auf sie hinunter, als fragte er sich, ob die Hand zu ihm gehöre, ob sie auf den Körper der Frau auf dem Sofa gehöre, vielleicht für immer. Endlich sagte er zu Kristiane: Wann hast du das letzte Mal die Augen weit aufgemacht? In Paris, sagte Kristiane. Sie habe acht Wochen nach einem Messerwerfer gesucht. Ein Franzose mit Tätowierungen auf den Handrücken habe sie endlich vor eine Bretterwand mit aufgemaltem Frauenkörper gestellt, das erste Messer bis hinter das Ohr gehoben und geworfen. Als die Klinge die Luft zerschnitt, sagte Kristiane, habe ich meine Augen weit aufgemacht. Ich kannte die Geschichte und wusste, was sie ausließ. Nach dem Tod ihres Vaters war sie durch Frankreich gereist und hatte einen Zirkus nach dem anderen besucht. Aber sie hat nicht herausfinden können, ob ihr Vater wirklich in einem Wanderzirkus gearbeitet hat, bevor er nach Deutschland ging. Im Schminktisch ihrer Mutter hatte sie ein Foto gefunden, das ihn beim Füttern eines mageren Tigers zeigte.

Und wann hast du sie das letzte Mal geschlossen?

Als Desirée kam, war es drei, sie stieg über das Terrassengeländer und drückte die Tür zur Küche mit ihrer rechten Schulter auf, beide Hände in den Hosentaschen. Wir schwiegen und schauten zu, wie sie kalt gewordenen Kaffee in ein Rotweinglas goss, einen Schluck trank und sich schüttelte. Sie griff wahllos nach einer der Flaschen auf dem Tisch, erwischte den Tequila, füllte ihr Glas bis zur Hälfte auf und kippte das Gemisch aus Tequila und Kaffee hinunter, ohne abzusetzen. Es ist nicht meine Schuld, dass du nichts bekommen hast, sagte Marcel und rückte ein Stück zur Seite. Desirées Gesicht war rot, die Augen klein vor Müdigkeit und die Lider geschwollen. Marcel sagte: Wahrscheinlich lag es daran, dass sie dich nicht kennen. Ich sah auf die Brustwarzen, die sich unter Desirées dünnem Pullover abzeichneten, und auf die kurzen blonden Haare, in denen Asche hing und ein winziges Blatt von einem der Büsche im Garten. Was treibt ihr hier, sagte Desirée. Ich sah von ihren Haaren zu Kristianes und zurück, ich sagte: Tat oder Wahrheit.

Der Wecker tickte, Desirée sagte: Wahrheit!, trat Marcel gegens Schienbein und berichtete. Die Barkeeper hatten ihr nicht helfen können oder wollen. Am See war kein Mensch, später tauchte ein Mann auf, mit seinem Hund. Sie habe sich geräuspert, mit ihrem Schlüsselbund geklappert, um ihn aufmerksam zu machen, aber er sei weggelaufen. Desirée drehte den Kopf zu Marcel und rief: Warum bist du nicht selbst gefahren!, er zuckte die Achseln und sagte: Du wolltest was zum Rauchen, nicht ich. In dem Studentenwohnheim, sagte Desirée, habe sie an den Türen gelauscht, wo noch jemand wach ist, und dann zwischen Mädchen in kurzen Snoopy-Shirts gestanden. Sie sagte: Die haben mich angesehen, als ob sie von Gras noch nie was gehört hätten, wo sind wir hier, auf dem Mond?

Der Wecker tickte, und langsam verschwand die Röte aus Desirées Wangen, um die Nase und auf der Stirn wurde ihre Haut so weiß wie die herunterbrennenden Kerzen. Ich wollte die nächste Frage stellen, das Spiel war bei mir ins Stocken gekommen, ich wusste genau, was ich fragen wollte, in der Nacht davor hatte ich von Desirée geträumt. Ich hatte geträumt, dass an Desirées linkem Fuß der kleine Zeh fehlt, und ich wusste nicht, ob es stimmte. Aber gerade als ich sie danach fragen wollte, stand Desirée auf und hielt sich mit beiden Händen an der Tischkante fest. Sie senkte den Kopf, hustete und beugte sich nach vorn, Kristiane öffnete den Mund, als wollte sie etwas sagen, schwieg aber. Mir ist schlecht, sagte Desirée heiser, ich gehe schlafen, spielt, was ihr wollt.

Schläfst du, oder bist du tot?

Es war vier, der Rauch hing zwischen den Wänden und ließ meine Augen tränen, aus der Kammer drang Desirées leises Schnarchen zu uns in die Küche. Ich wollte hinübergehen, mich neben sie auf einen der Schlafsäcke setzen, wollte trotz meiner Müdigkeit die Augen offen lassen und mit der Hand ihren Nacken berühren, vielleicht eine Wange an ihren Rücken legen, auf den hellen Streifen Haut zwischen Boxershorts und T-Shirt. Ich wusste, wie Desirée nachts roch, wie der salzige Nebel am Strand, nach Seetang und Kieseln. Neben ihr aufwachen wollte ich, um das Erste zu sein, was sie am Morgen sah. Aber ich blieb sitzen, am Tisch bei den anderen, vielleicht war ich zu müde, um mich zu bewegen, ich beobachtete Kristiane und Horn, deren Augen einander etwas versprachen. Marcel starrte in die Kerzenflammen, die Wangenknochen warfen Schatten in seinem Gesicht, ich legte die Hände in den Schoß. Eine letzte Frage, sagte Horn. Was findest du erotisch?, fragte Kristiane. Haare, sagte Horn. Ja, Haare, sagte er noch einmal. Er sah Kristiane an, ihre roten Locken fielen offen bis auf die Hüften hinunter. Kristiane drehte vorsichtig den Oberkörper. Mit zwei Fingern hob sie eine Strähne vor ihre Augen und ließ sie wieder fallen. Nicht zum ersten Mal hatte ich das Gefühl, dass sie ihre Haare trug wie ein Kleidungsstück, sie saßen fremd und falsch auf ihrem Kopf.

Ich weiß nicht, warum wir weiterfragten. Draußen begann der Tag, das Licht vor dem Fenster war blass, die Vögel fingen an zu schreien und flogen so schnell durch das rechteckige Stück Himmel, dass es aussah, als ob sie fielen. Kristiane und Horn verknoteten unter dem Tisch die Beine, ich hob noch einmal die Hand und zog den Nagel meines Zeigefingers über Kristianes Unterarm, aber sie sagte: Lass das, du tust mir weh. Vor Erschöpfung zitterten meine Oberschenkel, mir war kalt, ich legte mir meine Jacke um die Schultern, klappte den Kragen hoch und hielt ihn vorn zusammen. Ich weiß nicht mehr, wer sich darüber beschwerte, dass immer Wahrheit und nie Tat gewählt wurde. Vielleicht war es Horn, trotz allem. Es wurde fünf, im Raum verschwanden die Schatten in den Ecken. Obwohl Kristiane die Hände über den Tisch streckte, obwohl sie an Horns Ohren zog und ihm mit den Handrücken über die Lippen fuhr, blieb er unruhig, ruckte mit dem Stuhl und redete immer lauter.

Tat oder Wahrheit?, fragte Marcel. Tat, sagte Kristiane und lachte. Rasier deine Haare ab, sagte Marcel, sofort.

Und wenn jemand sagt, schneid dir die Pulsadern auf, was tust du?

Horn packte schnell. Den Armeerucksack über der linken Schulter, riss er die Tür zur Terrasse auf und ging. Er sah sich nicht um, seine Stiefel waren nicht zugeschnürt, die Senkel schleiften auf den matten Steinquadraten. Er warf den Rucksack übers Geländer und stieg hinterher, kam den Abhang hinunter ins Rutschen. Wir hörten, wie er über den am Straßenrand aufgeschichteten Stapel mit Dachziegeln stolperte, er fluchte, im Dorf schlug ein Hund an. Ich stand neben Kristiane auf der Terrasse, der Mond hing dicht über dem Horizont, und an der Hauswand saß eine Spinne in ihrem Netz und reckte die Beine in der ersten Sonne. Kristiane blickte Horn hinterher, der mit dem Rucksack in der Hand die Straße entlangging, er schwankte leicht und starrte auf seine Stiefel. Nach der ersten Biegung verschwand er. Kristiane bewegte sich nicht. Ihr geschorener Kopf sah klein und sehr weiß aus, die Haut war gar nicht glatt, ich dachte an Gänsehaut. Ich weiß nicht, ob Kristiane die Kälte spürte, gegen die sie die roten Locken eingetauscht hatte. Sie blieb stehen, ohne auch nur zu blinzeln. Durch die offene Tür bemerkte ich, wie Marcel zum Rekorder ging und die Kassette umdrehte. Ein Teil der Pflanzen auf der Terrasse sah aus, als wäre er erfroren.

Schlanke Fesseln

Man verlangt hier, dass ich lächle, und ich lächle. An den Wänden hängen in Rahmen aus rohen Leisten zertanzte Spitzenschuhe. Ich stehe an der linken Stange, zwischen den Fenstern, damit ich in den großen Spiegeln nicht zu sehen bin. Meine Füße rutschen über das Linoleum, meine Hände rutschen auf dem hellen Holz. Unter dem Trikot läuft der Schweiß den Brustkorb hinunter. Auch die anderen schwitzen und lächeln. Ich stelle die Füße so gegeneinander, dass sich die Fersen berühren und die Innenseiten fast eine Linie bilden. Ich ziehe die Kniescheiben hoch, spanne die Pomuskeln an, bringe das Becken in die Mitte, atme in die Schultern, lasse die Ellenbogen leicht durchhängen zum allongé und hebe den Kopf. Ich mache zwei demi plié und danach ein grand plié, meine Oberschenkel zittern während der Kniebeugen. Weg mit dem Hintern, sagt Natascha. Natascha hat an der Oper getanzt, bis sie schwanger wurde, sie muss es wissen. Aber ich finde keinen Platz für meinen Hintern und strecke mich wieder. Die Musik ist monoton, ein fröhliches Pfeifen auf verschiedenen Holzblasinstrumenten. Hängt euch am obersten Halswirbel auf, sagt Natascha. Ich hebe den rechten Arm über den Kopf und beuge den Oberkörper nach links, ich hebe den linken Arm über den Kopf und beuge den Oberkörper nach rechts, ich lehne mich weit zurück. Meine Lendenwirbelsäule schmerzt, und beim Aufrichten verkrampft sich der Nacken. Ich strecke den rechten Fuß zum tendu, als wollte ich etwas von mir schieben, bleibe in der zweiten Position stehen und beginne von vorn. Ich hänge mich am obersten Halswirbel auf und lächle. Weg mit dem Hintern, sagt Natascha und fragt: Was ist mit euren Armen? Meine Ellenbogen zeigen angespannt zur Seite, die Schultern habe ich zu den Ohren hochgezogen. Vorsichtig lasse ich sie sinken.

Merten sitzt in der Küche, als ich die Wohnungstür aufschließe. Ich gehe ins Schlafzimmer, um die Tüte mit dem verschwitzten Trikot und den Strumpfhosen und Stulpen in ein Schrankfach zu stopfen, hinter die Winterpullover und meinen alten Trainingsanzug. Komme gleich, rufe ich durch die offene Tür. Ich will nicht, dass er denkt, ich verberge etwas vor ihm, obwohl ich genau das tue. Nachdem ich die Sandalen abgestreift habe, laufe ich zu ihm hinüber. Er hat die Zeitung vor sich liegen und schält eine Apfelsine, mit dem Sparschäler, den uns meine Mutter geschenkt hat, ein langer orangener Kringel fällt auf das Papier. Willst du die Hälfte haben?, fragt er. Ich schüttle den Kopf, weil ich die zähe weiße Schicht nicht mag, die Merten an der Apfelsine lässt. Er bohrt die Daumen hinein und zerteilt sie. Für ihn gehört das Weiße zum Fruchtfleisch, für mich zur Schale. Wo warst du?, fragt er. Der Saft tropft auf ein Zeitungsbild, auf dem Bush die Arme in die Luft reißt, in einen Himmel ohne Wolken. Vielleicht hat während einer meiner Übungen, während eines développé ein Krieg begonnen. Ich spüre ein Ziehen im linken Unterschenkel, ich werde heiß duschen und dabei die Stelle massieren müssen. Ich war bei Katharina, sage ich und streiche mir über die Stirn. Merten leckt sich die Finger ab. Du schwitzt, sagt er. Als ich antworte, ich sei gerannt, um schneller bei ihm zu sein, legt er die halbe Apfelsine hin und greift nach einem Küchentuch, ich gehe um den Tisch herum und küsse seinen Mund, dann seine Augen. In der Zeitung heißt es, die USA haben gegen die Verlängerung der Friedensmission in Bosnien-Herzegowina ihr Veto eingelegt. Merten steht auf, drängt mich gegen die Spüle und sieht mich an. Clara hat angerufen, sagt er. Ich lächle und lächle, weil ich will, dass er seine Apfelsinenhände auf meine Haut legt, an die Innenseiten der Oberschenkel. Meine Muskeln sind weich und warm, und der Schweiß trocknet.

Clara war sechs, als sie die Frage unserer Eltern, ob sie Ballettstunden nehmen wolle, mit Ja beantwortete. Sie ließ sich von Mutter ein Röckchen aus steifem rosa Tüll schneidern und die dünnen Kinderhaare zum Knoten aufstecken. Vater bezahlte Baumwolltrikots und weiche Schläppchen, brachte von seinen Dienstreisen die Fotokalender verschiedener Opernhäuser mit. Während der ersten Weihnachtsvorführung, bei der Claras Tanzklasse auftrat, saß ich zwischen Mutter und Vater und klatschte, wenn alle klatschten. Die Vierte von links, sagte Mutter, seht ihr sie, könnt ihr sie sehen? Die Mädchen trugen dirndlartige Kostüme, der einzige Junge eine Lederhose und einen Papageienschnabel. Am Abend nach der Aufführung lag ich neben Clara auf unserem Doppelstockbett, streckte den linken Arm und das linke Bein durch den Spalt zwischen Sicherheitsbalken und Matratze. Der Halsausschnitt von Claras schmalem, mit altrosa Äpfeln bedrucktem Nachthemd war fransig. Clara trug Stulpen über den Fußgelenken, aber keine Socken. Schlanke Fesseln, hatte Mutter gesagt, an diesem Abend zum ersten Mal. Ich nahm Claras Ohrläppchen zwischen die Zähne und knabberte daran, bis sie lachte. Mit aufgeblasenen Backen beugte ich mich über ihren Bauch, zog ihr Nachthemd hoch und prustete die Luft gegen ihre Haut, ich sagte: So klingt Vater, wenn er Durchfall hat. Clara kreischte und warf die Arme um meinen Hals.

Damals ging sie nur einmal in der Woche zum Ballett, später zweimal, dann dreimal. Mittlerweile trainiert sie montags und donnerstags klassischen Tanz, dienstags Modern Dance und freitags Jazz. Sie fährt durch Europa, um sich Schulen anzusehen, an denen sie studieren will. Mutter findet es schade, dass Clara schon zu alt ist, um eine Primaballerina zu werden und in Schwanensee die Odette zu tanzen. Sie sagt, Clara habe zu spät begonnen, das Tanzen ernst zu nehmen. Vater besteht darauf, dass Clara die Schule beendet. Deshalb lernt sie chemische Formeln und die Daten des Römischen Reiches, während sie in ihrem Zimmer an der Sprossenwand steht und sich aufwärmt. Ihr Zimmer liegt zwischen der Küche und Vaters Arbeitsraum. Damit sich das Ehepaar aus dem zweiten Stock nicht beschwert, legt Clara den Teppich doppelt, bevor sie die Sprungfolgen trainiert. Sie sagt, beim ballonné und sissonne fermé müsse sie noch darauf achten, ihren Kopf so harmonisch zu bewegen wie ihren Körper. Bei einem ballonné fliege der Tänzer in der Richtung des sich öffnenden Beines durch die Luft. Sie sagt auch, sie sei nur die Zweitbeste der Tanzklasse, technisch ein wenig schwächer als ihre Freundin Marie.

Auch meine Freunde tanzen. Katharina fährt jede Woche für einen Abend in ihre Heimatstadt, weil dort, wie sie sagt, das Angebot an Flamencounterricht besser sei als hier. Wenn sie zurückkommt, fragt sie: Willst du den neuen Tanz sehen? Dann zieht sie die schweren schwarzen Schuhe mit den mittelhohen Absätzen an und streicht den Rock gerade, bevor sie die Play-Taste drückt. Im Spiegel sieht sie den eigenen Bewegungen zu, kontrolliert die Schritte, die Füße klopfen auf dem abgetretenen Parkett einen komplizierten Rhythmus, die Handgelenke kreisen um den nach hinten gebogenen Oberkörper. Du musst nach unten denken, sagt Katharina, in die Erde hinein. Ich antworte nicht. Natascha hat uns schon in der zweiten Ballettstunde aufgefordert, nach oben zu denken. Wir müssten uns eine starke Feder vorstellen, die uns an die Saaldecke ziehe, sonst werde das nichts.

Eik kenne ich schon so lange, dass ich mir vorstellen kann, wie seine Kinder mal aussehen werden. Er tanzt seit zwei Jahren Tango. Eine Tangonacht endet nicht vor sechs Uhr morgens. Dienstags, mittwochs und jetzt auch sonntags darf ich Eik deshalb erst ab drei anrufen, und selbst dann ist er verschlafen und fürchtet, nicht mehr in den Tag hineinzukommen. Katharina spricht nicht mit ihm, seit er ihr auf dem Picknick an meinem dreiundzwanzigsten Geburtstag erklärt hat, was ihn am Tango begeistert. Ich wendete gerade die Würste auf dem Grill, als sie sich neben mich stellte. Sie sagte, Eik genieße die Vorstellung, einen fremden Körper nach seinem Willen zu führen. Er habe gesagt, beim Tango sei die Frau das Instrument des Mannes. Er bekomme beim Tanzen eine Erektion und bezeichne einen guten Tangoabend als zivilisierten Gruppensex. Ich wendete die Bratwürste ein zweites Mal und spritzte Bier auf die glühende Holzkohle. Katharina sagte, ein derart auf Macht ausgerichteter Tanz könne ihr gestohlen bleiben.

Wenn ich Eik treffe, essen wir Käse, einen Brennnesselweichkäse aus Frankreich, dessen Name wie eine komplizierte Ballettfigur klingt. Eik sagt, Katharina habe ihn damals falsch verstanden. Was er tatsächlich am Tango liebe, sei die Verschmelzung zweier Menschen. Es komme nicht darauf an, die Partnerin zu führen, man müsse vielmehr spüren, wonach ihr Körper sich sehne. Der Tango sei spontan und frei. Das ist nicht selbstverständlich, sagt Eik, im Tango tust du dir keine Gewalt an wie im Ballett oder so. Ich schneide eine weitere Scheibe Käse ab und stecke sie in den Mund, wir haben dieses Gespräch schon oft geführt, und ich unterbreche Eik nur selten. Auch er und Katharina wissen nicht, dass ich seit einem Dreivierteljahr jede Woche an der Stange stehe und grands battements übe, das kraftvolle Hochwerfen und langsame Senken der Beine. Ich lasse das Bein nach vorn schnellen, zur Seite, nach hinten, wobei ich im Rücken ein wenig nachgebe.

Schlanke Fesseln, sagt Mutter, als ich Clara besuche und ihr beim Schnüren der Schuhbänder zusehe. Clara verdreht die

Augen und blickt in meine Richtung. Findest du nicht?, fragt Mutter. Doch, sage ich. Clara verknotet zwei Satinstreifen miteinander, an der Innenseite des linken Fußes. Wie geht es dir?, fragt Mutter. Gut, sage ich, und euch? Gut, sagt Mutter. Ich stehe auf und stoße mich am hölzernen Knauf von Claras Kleiderschrank. Ich fluche leise, Mutter schüttelt den Kopf und sagt: Du galoppierst schon wieder herum. Wie du dich bewegst, sagt sie, kein Wunder, dass dir dauernd Geschirr zu Bruch geht. Schon als Kind habe ich ständig Vasen und Porzellankatzen von den Regalen gestoßen. Aber darüber dürfe ich mich nicht ärgern, es müsse ja irgendwie ausgeglichen werden, dass Clara so talentiert sei. Da habe ich notwendigerweise den Kürzeren gezogen. Machst du mir einen Kaffee?, frage ich. Als Mutter die Tür hinter sich geschlossen hat, sagt Clara: Gut, dass ich nicht die Einzige bin, über die man hier redet, als wäre sie ein Pferd.

Mutter hat Recht. Tatsächlich hatte ich als Kind ständig Beulen und blutige Knie. Ich stolperte über jede Türschwelle, stieß gegen jeden Schrank, legte mich an jeder Teppichkante lang hin. Mutter sagt, bis Clara zu laufen begann, habe sie geglaubt, das sei bei allen Kindern so. Erst Claras sichere Schritte hätten ihr klar gemacht, wie ungeschickt ich war. Selbst eine motorische Störung habe sie jetzt nicht mehr ausgeschlossen. Ich fiel Treppen hinauf und hinunter und lief mit sieben gegen einen Laternenmast. Noch heute weiß mein Körper nicht einmal, wo in meiner eigenen Wohnung die Möbel stehen und wie weit die Türklinken hervorragen. Mit der Hüfte stoße ich regelmäßig gegen die Schreibtischplatte. Ich habe immer irgendeinen blauen Fleck. Merten hat das nie angesprochen, obwohl es ihm aufgefallen sein muss.

Clara sitzt auf dem Boden. Sie zieht die Füße an den Körper, legt die Sohlen der rosa Schuhe gegeneinander und umfasst die Knöchel mit den Händen, wobei sie die Knie nach unten drückt. Ich setze mich ihr gegenüber und führe spiegelbildlich die gleichen Bewegungen aus. Wenn sie nach oben sieht, zu der schaukelnden Reispapierlampe unter der Zimmerdecke, und den linken Arm streckt, um die Rippen auseinander zu ziehen, schaue auch ich zur Lampe und strecke den rechten Arm. Ich bin Claras Schatten, immer ein wenig langsamer als sie. Plötzlich hält sie inne und legt die Hände in den Schoß. Du sitzt anders als sonst, sagt sie, machst du Gymnastik? Ich schüttle den Kopf, krümme unauffällig den Rücken. Ich kann mir nicht vorstellen, dass das wöchentliche Ballett-Training meinen Körper so schnell verändert hat. Das ist gut, sagt Clara, ein bisschen Sport. Ich mache aber nichts, sage ich. Sie lächelt: Du hast auch abgenommen. Ich schlage mit der flachen Hand auf ihr Knie und sage: Kein Gramm, oder die Waage funktioniert nicht! Es ist eine chromblaue Waage mit Digitalanzeige, auf die ich mich an jedem Sonntagmorgen stelle, vor dem Frühstück. Der Kaffee wird kalt und der Orangensaft warm, sagt Merten, wenn ich ihn bitte, noch einen Moment zu warten. Mit zwei Eiern im Bauch wiegst du auch nicht mehr, sagt er.

Oder ist sonst etwas?, fragt Clara. Ich stehe auf und knie mich hinter ihr auf den Boden, fahre mit der Kuppe des Zeigefingers über die hervorstehenden Wirbel. Du bist zu schnell mit Merten zusammengezogen, sagt sie, oder? Ihr hautfarbenes Trikot ist bis zur Hälfte des Rückens ausgeschnitten, an den Oberschenkeln schließt es gerade ab, mit einer Ziernaht. Und bei dir?, frage ich. Sie sagt: Was war denn nun, am Dienstag! und zieht meine Hand über ihre Schulter bis an die Lippen. Ich solle ihr nicht erzählen, ich sei bei Katharina gewesen. War ich aber, sage ich. Clara dreht sich um und schaut mich an, die Mundwinkel nach unten gezogen. Ich kann es mir schon denken, sagt sie, von mir erfährt er nichts. Ich tippe gegen meine Stirn, aber sie stößt mich zur Seite und geht zur Sprossenwand. Unter der obersten Sprosse klemmen Stoffaffen und eine Barbiepuppe ohne Kopf. Red dir nichts ein, sage ich, Clara, hörst du mir zu? Mutter ruft, der Kaffee sei fertig, aber bevor ich hinausgehe, sagt Clara noch: Wenn du ein Alibi brauchst, kein Problem. Sie hoffe nur, er habe mehr Haare als Merten.

Noch vor zwei Jahren waren die Locken auf Mertens Kopf dunkelbraun und dicht. Aber dann haben sie sich rasend schnell gelichtet. Zuerst ist der Haaransatz zurückgewichen, danach bekam Merten Geheimratsecken. Am Hinterkopf entstand eine kahle Stelle. Während ich Katharina in der Milchbar treffe und sie von einem spanischen Flamencolehrer erzählt, denke ich an Merten. Ich habe ihm gesagt, ausfallende Haare würden nichts verändern. Aber ich bin nie davon ausgegangen, dass er wirklich kahl wird. Ich unterbreche Katharina und sage: Ich bin mit Merten zusammengezogen, um zu beweisen, dass ich zu ihm stehe. Ich sage, meine Mutter betone, wenn sie mich beschreibe, immer meine Toleranz. Sie nennt es soziale Begabung. Innere Werte, sage ich, und Katharina schlägt die Beine übereinander und wippt ungeduldig mit dem rechten Fuß. Mein Milchshake schmeckt nach Kiwi, ich ziehe am Strohhalm, die winzigen Kerne wollen nicht rutschen. Sie reizen den Gaumen. Als ich den Blick wieder hebe, muss ich lachen. Katharina hat die Oberlippe eingezogen, so weit, dass nichts mehr von ihr zu sehen ist. Sie verzerrt das Gesicht, rollt mit den Augen und zieht den Mund breit, ich lache, bis mein Kiefer schmerzt. Wenn du Flamenco tanzen würdest, sagt sie endlich, könntest du dir darüber klar werden, was du wirklich willst. Sie schlägt vor, am Dienstag ins Kino zu gehen. Sie sagt, ich hätte immer weniger Zeit für sie. Ich würde nichts erzählen und beim Zuhören an die Decke blicken. Am Dienstag kann ich nicht, antworte ich, am Dienstag treffe ich Eik.

Am Abend sagt Merten, er habe beschlossen, etwas gegen das Älterwerden zu unternehmen. Ich bin siebenundzwanzig, sagt er.

Er ist so groß wie ich, seine Beine sind kurz. Bis vor drei Monaten hat er als Fahrradkurier gearbeitet und jeden Tag sechs Stunden im Sattel verbracht. Jetzt sitzt er in der Pförtnerkabine eines Bürogebäudes und hört Radio. Wenn die mitgebrachten Gurkenbrote aufgegessen sind, lutscht er Gummibären aus dem Automaten. Ich darf nicht lesen, sagt er, nicht telefonieren, nicht aufstehen und herumgehen. Auch als Fahrradkurier behielt Merten seine runden Arme. Alles Muskeln, sagte er, wenn er nackt vor dem Spiegel im Schlafzimmer stand. In den Monaten als Pförtner hat er einen Bauch bekommen, das ist deutlich zu sehen.

Wir sitzen am Küchentisch, und ich sage: Wir müssen eine neue Decke kaufen. Die auf das Wachstuch gedruckten Pfirsiche sind von Kratzern und versehentlichen Messerschnitten zernarbt. Lenk nicht ab, sagt Merten, ich meine das ernst. Er holt das zwei Jahre alte Telefonbuch aus dem Flur und schlägt Seiten auf, die er mit selbstklebenden Zetteln markiert hat. Er sagt, er habe an Gymnastik gedacht, Fitness-Studios kämen nicht in Frage, aber Basketball sei eine Möglichkeit. Ich schiebe die Krümel vom Tisch in meine linke Hand. Die Zeitung liegt aufgeschlagen neben der Butterdose. Treibt Bush eigentlich Sport?, frage ich. Bestimmt, sagt Merten, bei dem Körper. Ich starre ihn an. Oder was hältst du von einem Tanzkurs, sagt er, wir könnten etwas finden, was uns beiden gefällt. Jetzt fängst du auch noch an, sage ich, was müsst ihr plötzlich alle tanzen. Er sagt: Du bist doch nur eifersüchtig auf Clara.

Das Telefon klingelt, und ich stehe auf. An den Küchenwänden verläuft in Schulterhöhe ein schmaler grüner Streifen bis in den Flur. Ich folge ihm mit den Augen, versuche, ihn nicht zu verlieren oder zu blinzeln, greife blind nach dem Hörer. Den Streifen habe ich vor unserem Einzug auf die Tapete gemalt, mit Hilfe einer Rolle Abdeckband und eines Zollstocks. Am Telefon ist Eik, er spricht schleppend, so, als hätte er gerade geschlafen, und will sich für Dienstag mit mir verabreden. Am Dienstag kann ich nicht, sage ich, da treffe ich Katharina. Warum bist du gereizt, sagt er. Es ist Eik, sage ich zu Merten.

Am Tag bevor ich mich in der Ballettschule anmeldete, hatte Clara Geburtstag. Wir feierten im Hinterhof, Mutter und Merten warfen die Kissen für die Gartenstühle vom Balkon, Clara schloss die Augen. Die Luft roch nach Motoröl und dem Kater der Nachbarn. Der Kater strich um uns herum, das Fell so nass, als wäre er unter den Gartenschlauch geraten. Es war Claras siebzehnter Geburtstag, die Cousins riefen Mutter zu, sie solle die mitgebrachte Flasche Klaren auch gleich hinunterwerfen. Eine der Tanten kreischte, als Vater sie packte und in die Hollywoodschaukel stieß. Hände weg von meiner guten Bluse, schrie sie. Ich half, den Kartoffelsalat und die Würstchen nach unten zu tragen, auf der Bowle schwammen kleine Stücke Kokosnuss. Clara lachte, später ging der Mond auf, die Tante trat Vater den Stuhl unterm Hintern weg, und er schlug sich die Handflächen blutig. Was soll das, Rita?, fragte er. Die Cousins klatschten und johlten, wollten neben Clara sitzen und die Arme um ihre Hüften legen. Um Mitternacht stand Clara auf und schob mit dem Fuß ein paar Gläser vom Rasen, eines rollte bis an die Hauswand. Clara begann zu tanzen, ohne Musik, sie drehte sich, sprang. Die Cousins stießen mit Vater auf die Gesundheit und Karriere dieser Tochter an. Schlanke Fesseln hat sie, rief Mutter mit rotem Gesicht, sie schwitzte auf der Nase, hob ihr Glas und sagte: Prost, auf die schlanken Fesseln!

Als Merten und ich nach Hause gingen, sagte er, wie Clara da im Garten getanzt habe, das werde er nie vergessen. Er sagte: Sie hat eben das gewisse Etwas.

Die Neonlampen unter der Decke leuchten unsere Körper aus. Ich trage Strumpfhosen ohne Fuß, damit die Orangenhaut auf meinen Oberschenkeln keine Schatten wirft. Natascha eröffnet die Stunde, wir fangen an, uns aufzuwärmen. Es ist heiß, die Fenster sind weit geöffnet, draußen springt ein Motorrad an, unregelmäßig, stotternd. Meine Füße stehen gerade nebeneinander, mit einer Länge Abstand, die Zehen nach vorne ausgerichtet. Ich gehe mit dem rechten Fuß auf die halbe Spitze, dann auf die ganze, hebe das Knie, ziehe es mit den Händen an den Körper, so weit wie möglich. Im Spiegel sehe ich, dass ich schon schwitze. Mein T-Shirt ist hochgerutscht und wirft Falten unter der Brust. Nachdem ich die Übung viermal ausgeführt habe, erst mit dem rechten, dann mit dem linken Bein, verharre ich zum Abschluss im relevé, bis Natascha uns erlaubt, die Fersen zu senken. Ich sehe mich um, die anderen lächeln. Kopf nach vorn, sagt Natascha, die Spannung halten bis zum Schluss.

Zum ersten Mal erheben wir uns heute auch für das petit battement ins relevé. Natascha sagt: Petit battement bedeutet kleines Schlagen. Die Bewegung der Unterschenkel soll schnell und leicht sein, der Fuß abwechselnd das Gelenk des anderen Beines umfassen und dahinter angelegt werden. Streckt beim Öffnen zur Seite den Fuß richtig durch, sagt Natascha, haltet die Oberschenkel ruhig und auswärts gedreht, das Kniegelenk bleibt frei beweglich. Die Farbe der Tapete ist verblichen, eine der Neonröhren flackert. Ich führe die Schläge möglichst kraftvoll aus.

Plötzlich verliere ich das Gleichgewicht. Mein Standbein knickt ein, der Fuß kippt aus der halben Spitze zur Seite weg. Ich stolpere, will mich mit dem anderen Bein abfangen und erschrecke über den plötzlichen Schmerz im Fußgelenk. Noch im Fallen umfasse ich mit beiden Händen den Knöchel. Der große Spiegel ist eine weiße Fläche, mir wird schwindlig. Ist der Knöchel verstaucht?, fragt Natascha. Ich schüttle den Kopf, dann nicke ich und nehme die Hände beiseite, das Gelenk sieht bereits geschwollen und rot aus, die Haut wird heiß. Lauwarme Umschläge, sagt Natascha, und wenn sich morgen ein Bluterguss zeigt, gehst du zum Arzt. Irene, die neben mir steht und die Pause mit Dehnübungen überbrückt, bietet an, mich nach Hause zu fahren. Die Übelkeit ist schlimmer als der Schmerz. Ich habe Merten gesagt, ich sei mit Katharina im Kino.

Ich schließe auf, der Schlüssel verhakt sich im Schloss und lässt sich nur schwer herausziehen. Merten steht im Wohnzimmer, am Fenster, durch die offene Tür kann ich seinen Rücken sehen. Er hält mit einer Hand die Gardine zur Seite und dreht sich nicht um. Wo warst du, ruft er leise, ohne am Ende des Satzes die Stimme zu heben. Das weißt du doch, sage ich. Ich hänge meinen Beutel an die Garderobe, hinter den Bügel mit dem Wintermantel, stütze mich am Telefontisch ab und gehe zur Couch, wobei ich versuche, den verletzten Fuß möglichst wenig zu belasten. Das Gelenk pocht. Merten wendet den Kopf. Was ist mit deinem Bein?, fragt er. Nichts, sage ich, ich bin umgeknickt, an der Bordsteinkante. Ich schalte die Stehlampe an, er sieht an mir vorbei und holt eine Packung Zigaretten aus der Hosentasche. Seit wann rauchst du wieder?, frage ich, als er ein Feuerzeug vom Tisch nimmt und am Rädchen dreht. Die Schachtel ist halb leer, der Aschenbecher halb voll. Wie läuft es zwischen uns, hat Merten vor ein paar Wochen gefragt, ist das Glas halb leer oder halb voll? Endlich glüht die Zigarette auf. Seit heute, beantwortet er meine Frage, und vielleicht wäre es besser, du fängst auch wieder an. Ich schüttle den Kopf. Was ist los?, frage ich, ich habe doch nie geraucht. Seine Hand zittert, als er die Zigarette zum Mund führt und einen Zug nimmt, dann noch einen. Er setzt sich neben mich, auf das Polster, dem zwei der vier Knöpfe fehlen, und ascht auf den Teppichboden. Du hast Recht, sagt er, das kann ich nicht verlangen.

Er hat Katharina getroffen, in der Milchbar, er sagt, sie habe am Tresen gesessen und einen Erdbeershake getrunken. Er habe sie gefragt, ob sie nicht mit mir im Kino sei, und sie habe ihn angestarrt und an ihrem Strohhalm gesogen. Ob es danach aussehe, habe sie gefragt, dass sie gerade in einem plüschigen Sessel sitze und mir eine Tüte Chips reiche. Er habe sich umgedreht und sei wortlos hinausgegangen. Ich sei bei Eik, das habe sie noch gerufen.

Wo warst du?, fragt er, wenn du die Wahrheit sagst, haben

wir eine Chance. Die wenigen Haare auf seinem Kopf zittern in meinem Atem. Merten hat die Ellenbogen auf die Knie gestützt und das Kinn in die Hände gelegt, ich muss auf ihn hinunterschauen, als wäre er in den letzten Minuten kleiner geworden. Wahrscheinlich, sage ich, weißt du schon, dass ich nicht bei Eik war. Er nickt, sieht zum Telefon. Würden wir jetzt aufstehen, vielleicht reichte er mir nur noch bis zu den Schultern. Die Sonne ist schon lange untergegangen. Auf dem Couchtisch liegt ein Foto von Clara, aufgenommen von ihrer Freundin Marie. Clara sitzt im Gras, in einem perfekten Spagat, die Arme zur Seite ausgestreckt. Sie trägt ein hautfarbenes Trikot mit unsichtbaren Trägern, ihre Haare fallen über Schultern und Rücken, an der Stirn werden sie von zwei Klemmen aus dem Gesicht gehalten. Der Vordergrund, eine sonnige Wiese, ist überbelichtet, der Wald im Hintergrund schwarz. Ich hebe mein Knie mit beiden Händen an, lege den Fuß auf einen Hocker. Die Hitze steigt mir ins Gesicht. Ich kann es dir nicht erklären, sage ich zu Merten. Wer ist es, fragt er, wer saß in dem Auto, mit dem du gekommen bist? Er lässt die Zigarette fallen und tritt sie aus. Es stinkt nach verbranntem Kunststoff. Er dreht und dreht die Sohle auf dem Boden, bis er die Beine wieder nebeneinander stellt. Einige der verschmorten Teppichfasern haben sich eingerollt. Ich sage: Du vertraust mir ja gar nicht.

Später lege ich eine Schallplatte mit Klaviermusik auf, um sie gleich wieder herunterzunehmen. Neben dem Plattenspieler finde ich die alte Zeitung, auf deren Titelbild Bush die Arme in die Luft reißt. Die Friedensmission in Bosnien-Herzegowina ist trotzdem weitergegangen. Auf der Lokalseite wird der Bewohnerin eines Altenheims zum fünfundneunzigsten Geburtstag gratuliert. Ich denke, dass es immer einen Grund zum Feiern gibt. Schlanke Fesseln, sagt Mutter in meinem Kopf. Ich hüpfe auf einem Bein zum Schalter, lösche das Licht, das Pochen in meinem Knöchel ist stetig, aber schwach. Merten öffnet die Tür, seinen Rucksack über der Schulter.

Also dann, sagt er. Ich frage ihn, wo er schlafen wird. Er wendet sich ab, ein Schatten mit weit geöffnetem Mund, ein kleines Stück Flurtapete ist eingeschlossen von seinen Lippen. Er sagt: Es ist dir doch egal! Ich sage nichts mehr, versuche, nach oben zu denken.

Die Wette

Als sie zweiundzwanzig wird, trennen sich ihre Eltern. Aber Leonie ist fort, und das macht die Scheidung nur halb so gut. Kirsten geht mit Mark ins Schwimmbad, weil Mark das schon mehrmals vorgeschlagen hat, seit er wieder in der Stadt ist. Sie hofft, er werde von Leonie erzählen, schließlich war er mit ihr zusammen, in B., zwei Jahre lang oder drei, genau weiß sie es nicht. Was sie weiß, ist, dass ihr Vater die Grafiksammlung verkaufen wird, damit die Bilder nicht in Mutters neuer Wohnung hängen. Wer den Hund nimmt, eine Promenadenmischung namens Conny, ist nach wie vor ungeklärt.

Sie treffen sich erst in der Halle. Im Becken schwimmt ein älterer Mann Runde um Runde. Das Wasser schimmert hellblau über den Kacheln, die kleinen Wellen wirken künstlich, Kirsten fragt sich, ob sie an Strand denken soll, an Urlaub und Sonnenmilch. Mark trägt eine weite Badehose und die vorgeschriebene Plastikkappe. Er sitzt in einem der weißen Liegesessel, sein Handtuch ist mit demselben Blumenmuster bedruckt wie die Hose, das sieht sie, als er es in die Höhe streckt und winkt. Sie atmet die Luft mit ihrem starken Geruch nach Chlor tief in die Lungen hinein. Die Fliesen unter ihren nackten Füßen sind violett, türkis, dunkelblau und dazwischen gelblich weiß, die Farben nach dem Zufallsprinzip über die Bodenfläche verteilt. Mark trägt Badelatschen. Sie kennt ihn kaum, aber Badelatschen passen nicht zu einem Mann, den

Leonie geliebt hat. Dann denkt sie, dass sie auch Leonie nicht mehr kennt, und deshalb ist sie hier.

Guten Morgen, sagt Mark. Er steht auf, er ist größer als sie, und sie weiß nicht, ob sie ihm die Hand geben soll. Sie sind einander zweimal begegnet, das erste Mal auf einer Party, bei schlecht ausgesteuertem Tango, Leonie feierte Geburtstag. Vor den Bücherreihen in den Regalen lagen Pappteller mit abgenagten Hühnerknochen, damals aß Leonie noch Fleisch und hatte Mark gerade kennen gelernt. Kirsten war mit dem Zug nach B. gefahren und kannte niemanden, den ganzen Abend über freute sie sich darauf, später mit Leonie allein zu sein. Dabei hätte sie ahnen müssen, dass Leonie übermüdet einschlafen würde, ohne auch nur die Jeans auszuziehen. Sie selbst war hellwach, öffnete alle Fenster und horchte auf die Geräusche der Stadt, ein Hubschrauber kreiste über dem Viertel, bevor er abdrehte, später sang ein Betrunkener, eine Flasche zersprang auf den Pflastersteinen im Hof. Bis fünf Uhr früh, bis die Sonne aufging, stand Kirsten in der Küche und wusch Weinreste aus den Gläsern und angetrockneten Senf und Zigarettenasche von Leonies japanischen Porzellanschalen. Mark war mit den anderen Gästen gegangen.

Das zweite Mal begegnete sie ihm vor einem Jahr, bei einem Treffen von Leonies und ihrer ehemaligen Schulklasse. Mark zog nicht einmal seine Jacke aus. Er holte Leonie ab, die nur schwarzen Kaffee getrunken und wenig gesprochen hatte und noch am selben Abend nach B. zurückfuhr.

Ich wohne wieder bei meinen Eltern, sagt Mark. Schon am Telefon hat er erzählt, er habe es nicht mehr ausgehalten in B., nachdem Leonie fort war. Es habe ihn alles an sie erinnert, die Tasse im Küchenschrank, aus der sie nach der ersten gemeinsamen Nacht getrunken hatte, der Blick über die Dächer und seine zwei Mitbewohner, die nicht aufhören konnten zu fragen. Durch die Fensterritzen habe es kalt gezogen.

Und der Tango, sagt Mark und schiebt den Badehosenbund mit den Daumen bis weit unter seinen Nabel, vielleicht werde ich nie wieder Tango tanzen. Kirsten sieht auf seine Hände, seinen Unterbauch hoch zieht sich ein schmaler behaarter Streifen. Ich will ins Wasser, sagt sie und geht mit schnellen Schritten zu einer der Einstiegsleitern, ohne darauf zu achten, ob Mark hinterherkommt. Nicht rennen, sagt der Bademeister. Er sitzt auf einer weißen Trittleiter aus Kunststoff und deutet auf die Trillerpfeife, die vor seiner Brust hin und her schwingt. Zu seinen Füßen steht ein Radio, die Nachrichten sind gerade vorbei.

Das Wasser ist kalt und das Becken klein, die Fugenmasse zeigt Risse, dünn wie Leonies Haare auf einem weißen Kopfkissen. In dieser Halle haben sie schwimmen gelernt, in der vierten Klasse, wer sich nicht freiwillig mit den Füßen vom Beckenrand abdrückte und sprang, wurde vom Lehrer gestoßen. Mehr als einmal hat Kirsten geglaubt, in dem stark gechlorten Wasser ertrinken zu müssen. Sie hat um sich geschlagen, blind nach der hingehaltenen Stange gegriffen und sich zurück an den Rand ziehen lassen. Sie erinnert sich daran, gehustet zu haben, minutenlang, erinnert sich an ihre Hände in der Überlaufrinne. Leonies Lippen waren blau gefroren.

Vielleicht hat auch Mark hier schwimmen gelernt, er hat eine Schule besucht, die kaum weiter vom Hallenbad entfernt ist als ihre. Trotzdem hat Leonie ihn erst in B. kennen gelernt. Am Telefon sagte sie, in der Bibliothek habe ihr einer seine Kopierkarte geliehen und einen Kaugummi geschenkt und dass sie ihn wiedersehen werde.

Die Wette stammt nicht aus der vierten Klasse. Als sie die Wette abschlossen, waren sie vierzehn und trugen die Haare auf die gleiche Art, geflochten und oben am Kopf zu zwei Schnecken zusammengelegt. Die Gummis, mit denen sie das Ganze fixierten, waren bei ihr türkis, bei Leonie braun. Es war

Leonies Idee, darum zu wetten, wessen Eltern sich eher scheiden ließen. Damals schien Leonie einen Vorsprung zu haben, ihr Vater hatte ein paarmal auf dem Sofa im Wohnzimmer übernachtet, offiziell, weil die Mutter unruhig schlief und im Traum vor sich hin sprach. Leonie hatte nächtelang an der Tür zum Elternschlafzimmer gestanden, aber nichts gehört. Der Vater hingegen hatte sich auf dem engen Sofa herumgewälzt und gestöhnt.

Sie fuhren von der Schule nach Hause, und um die Wette zu besprechen, setzten sie sich im Stadtpark auf eine der Rasenflächen. Ihre Fahrräder lagen im Gras, und ab und zu streckte eine von ihnen die Hand aus und gab einem Vorderrad neuen Schwung. Leonie hob zwei Finger und sagte: Wer gewinnt, darf sich etwas wünschen. Kirsten erinnert sich, dass sie gelacht und ebenfalls geschworen hat. Später lag sie neben Leonie auf dem Bauch, winzige Spinnen liefen über ihre Arme. Gemeinsam leierten sie ein Gedicht herunter, das sie noch aus dem Kindergarten kannten: Frieden ist schön, ich kann auf der Wiese liegen und in den Himmel sehen, Frieden ist schön.

Kirsten hat bis heute nur Brustschwimmen gelernt, sie zieht die Arme und Beine langsam durchs Wasser und spürt den Widerstand. Den Kopf hält sie hoch erhoben, so dass schon nach wenigen Bahnen der Nacken steif wird. Mark springt vom Startblock und krault an ihr vorbei, die Wellen klatschen gegen den Beckenrand. Niemand, der so schwimmt, trägt Badelatschen, denkt Kirsten. Sie schluckt Wasser, ringt nach Luft und versucht, sich nichts anmerken zu lassen. Die Grünpflanzen vor den hohen Fenstern sind künstlich. Der ältere Mann hat das Becken verlassen und spricht mit dem Bademeister, wobei er ein Handtuch um seine Hüften bindet. Schau dir den Bauch an, sagt Mark, der schon wieder vorbeikrault, und sie hat Lust, ihm nachzurufen, dass er den Mund halten soll. Als sie nebeneinander verharren und Wasser treten, fragt sie: Wie geht es Leonies Eltern? Er sieht sie an und zieht die Brauen nach oben, zwischen den schwarzen Bögen erkennt sie eine Narbe. Die feine Erhebung hält einen Tropfen auf, der über die Stirn rollt. Ich weiß nicht, sagt Mark, den Umständen entsprechend. Sie muss lachen, manchmal klingt er, als wäre Leonie tot. Der Tropfen über der Narbe löst sich, das Radio spielt lauter.

Erst als der ältere Mann zum Duschen geht, bemerkt sie die beiden Frauen. Auf Barhockern sitzen sie vor dem Kiosk am hinteren Hallenende, trinken Grellbuntes aus Gläsern mit zierlichen Stielen, schütteln die Haare nach hinten. Die werden nicht ins Wasser gehen, denkt Kirsten, mit solchen Frisuren. Auch Leonies Haare lockten sich, aber bei ihr war die Krause natürlich. Wasser konnte Leonie nichts anhaben.

Mark stemmt sich mit den Armen aus dem Becken, er setzt sich auf den Rand und bewegt die Zehen. Die Badelatschen muss er schon am Liegesessel ausgezogen haben. Kirsten kneift die Augen zusammen. Während sie sich von Mark aus dem Wasser ziehen lässt, denkt sie daran, ihm von der Wette zu erzählen. Aber Leonie hat es offenbar nicht getan, und sie wird einen Grund gehabt haben.

Die Wette führte dazu, dass sie noch mehr Zeit miteinander verbrachten. Leonie beobachtete ihre, sie beobachtete Leonies Eltern. Sie übten sich darin, Blicke in ein unaufgeräumtes Zimmer, Sätze über zu teure Stiefel und auch die selten gewordenen Berührungen zu registrieren und analysieren. Sie besprachen jedes Lachen, jedes Stirnrunzeln. Eine Ehe stirbt in tausend kleinen Katastrophen, nicht an einer großen, sagte Leonie mit erhobenem Zeigefinger. Wahrscheinlich hatte sie das in der Apothekerzeitschrift gelesen. Leonies Eltern waren Zahnärzte, und das einzige Element ihrer Erziehung, das Leonie je ohne Widerspruch hingenommen hatte, war das vierminütige Zähneputzen nach jeder Mahlzeit. Deshalb hatte Leonie, im Gegensatz zu Kirsten, Zähne ohne Karies. Sie trug sogar in der Schultasche Zahnseide mit sich herum und aß nie zwischendurch, nicht einmal Äpfel. Auch Leonies Eltern hatten weiße Zähne. Wenn sie lächelten, waren die blanken Zahnoberflächen ohne Spuren von Tee und Kaffee beeindruckend. Trotzdem lächelten sie nicht öfter als Kirstens Eltern.

In der zehnten Klasse, die Wette lief seit zwei Jahren, glaubte Leonie, bald am Ziel zu sein. Ich habe so gut wie gewonnen, sagte sie, und ich weiß auch schon, was ich mir wünsche.

Kirsten erzählt jetzt doch mehr, als sie vorhatte. Es ist egal, Leonie wird sie nicht zur Rechenschaft ziehen. Vielleicht sind Marks Zehen unter der Wasseroberfläche der Grund dafür, dass sie weiterspricht. Er scheint sich ganz auf das Anspannen und Abspreizen der beweglichen Glieder zu konzentrieren, als wäre ihr Gespräch nur die Hintergrundmusik zu einer Trainingseinheit Fußgymnastik. Obwohl sie seit Jahren nicht geweint hat, erleichtert es sie, dass er, während sie tropfend nebeneinander sitzen, nicht sagen könnte, warum ihre Augen nass sind. Sie achtet darauf, ihn nicht zu berühren. Die Kacheln sind kalt, auf ihren Armen bildet sich Gänsehaut, und Mark fragt: Warum dachte sie, dass sie gewonnen hat? Leonie mochte es, über eine Gänsehaut zu streichen und mit Daumen und Zeigefinger an den emporstehenden Haaren zu ziehen.

Sie macht einen Zahnarztkongress daraus, aber es kann auch jede andere Veranstaltung gewesen sein, die Leonies Vater damals besuchte, ein Diavortrag über Tibet oder eine Versammlung seiner Partei. Schon kurz nach der Wende waren Leonies Eltern in eine Partei eingetreten, Kirsten ist nicht sicher, in welche. Am Abend des Zahnarztkongresses wurde ausgerufen, man habe einen Ehering gefunden. Wenn stimmt, was Leonie am nächsten Tag erzählte, muss ihr Vater bemerkt haben, dass sein Ring tatsächlich verschwunden war. Die Druckstelle am rechten Ringfinger war noch deutlich sichtbar. Er muss zum

Podium gegangen sein und um den Ring gebeten haben. Aber dann stellte sich heraus, dass es nicht seiner war.

Kirsten verschließt die Ohren vor dem murmelnden Gespräch der Frauen beim Getränkekiosk, sie schließt die Augen, um nicht länger Marks Füße sehen zu müssen, und sagt: Es war ein anderer Name eingraviert, nicht der von Leonies Mutter.

Leonie lachte, als sie die Szene ausmalte. Sie saßen im Park, unter irgendeinem Abendhimmel, es war ein Samstag im Mai und Leonie lachte so hektisch, dass sie beinahe nicht sprechen konnte. Auf ihrer Stirn glänzten Schweißtropfen, während sie sagte: Vater hat den ganzen Saal verrückt gemacht, alle mussten suchen und unter die Tische kriechen, und dann hat er Mutter angerufen. Ihre Mutter habe den Ring im Keller gefunden, in der Tasche eines blauen Kittels, der klamm und staubig an einem Nagel neben der Werkbank hing. Leonie sagte: Der Ring muss wochenlang dort gesteckt haben, ohne dass Vater ihn vermisst hat.

An den beschlagenen Fenstern des Hallenbades läuft Wasser herab. Kirsten schweigt, endlich sagt sie: Leonie war überzeugt davon, ihre Eltern würden sich scheiden lassen, aber sie haben den Ring nie wieder erwähnt. Mark streckt die Arme nach hinten und dehnt die Schultergelenke, dann zieht er an seinen Fingern, bis sie knacken. Solche Leute lassen sich nicht scheiden, sagt er, nicht in hundert Jahren. Die Praxis sei noch nicht abbezahlt, das wäre ökonomischer Selbstmord. Kurz überlegt sie, ob er Betriebswirtschaft studiert. Leonie ging nach B., um Seminare in Theologie belegen zu können, im Nebenfach und vielleicht nur aus einem trotzigen Interesse heraus. Sie sagte damals, der Atheismus ihrer zahnärztlichen Eltern habe etwas beängstigend Religiöses.

Im Radio läuft eine Kindersendung, die den Bademeister zu interessieren scheint, noch einmal dreht er am Lautstärkeregler. Sie sehen sich an. Soll ich mich beschweren?, fragt Mark, aber Kirsten schüttelt den Kopf. Wenn es ihr wichtig wäre, könnte sie selbst um Ruhe bitten. Sie fragt sich, ob es das war, was Leonie an ihm geliebt hat, ob es das ist, was Leonie sucht, jemanden, der für sie Verantwortung übernimmt. Ohne zu fragen. Ich habe die Wette gewonnen, sagt sie leise, wegen der Ameisen.

In der Radiosendung geht es um Umweltschutz. Der Moderator fragt Kinder, wie sie und ihre Eltern versuchen, Energie zu sparen und die Umwelt zu schonen. Er schlägt vor, beim Duschen während des Einseifens das Wasser abzustellen und vor Verlassen des Kinderzimmers das Licht zu löschen. Mark steht auf und geht zum Kiosk. Er hat gesagt, dass er etwas trinken will, Kaffee und vielleicht ein Glas Saft, und Kirsten lässt sich zurück ins Wasser gleiten. Ihr ist kalt, sie schwimmt, um das Zittern zu vertreiben. Der Radiomoderator mit seiner gleich bleibend fröhlichen Stimme will von der siebenjährigen Nina aus Bochum wissen, ob der Papa das Auto vor der Tür wasche oder in die Waschstraße bringe. Wir haben kein Auto, sagt Nina aus Bochum, und nach einer Weile fügt sie hinzu: Wir haben keinen Papa. Fröhlich sagt der Moderator: Das ist aber schade.

Kirsten saß auf dem Sofa der Eltern, neben der Mutter, die über die bevorstehende Geburtstagsfeier einer Cousine sprach, als sie die Ameisen bemerkte, die aus einer Parkettritze ans Licht krabbelten. Die Mutter sprang auf und rief um Hilfe, die Ameisen liefen wild durcheinander. Der Vater, der im Sessel saß, eine großformatige Zeitschrift auf dem Schoß, reagierte nicht. Kirsten ging in die Küche, um einen Apfel aufzuschneiden. Auf einer Zeitungsseite legte sie die Schnitze neben das Loch im Parkett. Aber die Ameisen waren viel zu aufgeregt, um den Köder zu bemerken, sie drängten weiter aus den Ritzen hervor und rannten der Mutter über die Füße. Tu was, schrie sie den Vater an, der endlich die Zeitschrift beiseite legte und an den Bücherschrank trat, um in seinem alten

Schädlingsbekämpfungsbuch den Abschnitt über Ameisen zu suchen. Er blätterte in den vergilbten Seiten, schob die Brille nach oben und las vor: Eine erfolgreiche Bekämpfung setzt voraus, dass man das Nest ausfindig macht. Liege es innerhalb des Hauses, werde die Sache kompliziert, an leicht zugänglichen Stellen könne eine Insektizidbehandlung vorgenommen werden, unter Umständen müsse man dazu den Boden aufreißen. Das Töten einzelner Ameisen sei in jedem Fall nutzlos. Daraufhin griff er nach seiner Zeitschrift und ging ins Nebenzimmer.

Die Ameisen überwanden die Teppichkante. Kirstens Mutter beobachtete sie mit aufgerissenen Augen, ihre Brüste zitterten, mit den Vorderzähnen nagte sie trockene Haut von der Unterlippe. Ihr blieb nur noch eines übrig: Sie streckte den beringten Zeigefinger der rechten Hand aus und drückte die Ameisen einzeln tot, so schnell, als müsste sie ein Computerspiel gewinnen. Kirsten wollte den Staubsauger holen, aber die Mutter schüttelte immer wieder den Kopf und sammelte die Ameisenleichen in ihren linken Handteller. Nach zwanzig Minuten schien der Erfolg ihr Recht zu geben. Nur wenige Ameisen wagten sich noch ans Licht. Kirstens Mutter schüttete den Inhalt ihrer Hand in den Ausguss und begann erst zu weinen, als sie den Fernseher angestellt hatte und mit hochgezogenen Beinen im Sessel saß. Kurz nach sieben öffnete der Vater die Flügeltür und fragte, wann es Abendessen gebe.

Sie ist aus dem Becken gestiegen und steht neben Mark am Getränkekiosk. Er fragt, was sie trinken will, aber sie schüttelt den Kopf, sie hat zu viel Wasser geschluckt, ihr Bauch fühlt sich hart an und schmerzt. Mark hat einen Becher Kaffee vor sich, den er mit beiden Händen umfasst hält. Während er trinkt, zieht er die Füße auf die obere Querleiste seines Hockers. Ein Storch, der nach Chlor riecht, denkt Kirsten und wickelt ihr Handtuch um den Oberkörper. Neben der rechten Brust macht sie einen Knoten. Was war das vorhin, fragt

Mark, mit den Ameisen? Sie sagt: Mein Vater glaubt nicht, dass Mutter sich wegen der Ameisen scheiden lässt, aber sie hat seitdem nicht mehr ruhig geschlafen. Mark sieht sie fragend an, sie zieht einen Hocker an seinen Tisch und setzt sich. Das hat nichts mit Leonie zu tun, sagt sie, aber er antwortet: Alles hat mit Leonie zu tun. Obwohl Zucker und Sahne noch auf seiner Untertasse liegen, rührt er mit dem Löffel im Kaffee. Wieso hattet ihr keinen Kontakt mehr?, fragt er, und sie sieht erst jetzt, dass seine Ohrläppchen angewachsen sind. Ihre Uhr ist wasserdicht, sie hat sie nicht abgelegt, so dass sie den Arm heben und auf das farbige Zifferblatt blicken kann. Schon gut, sagt Mark und wirft seinen Löffel auf den Tisch. Kirsten nimmt die Badekappe ab und wringt sie aus, die Tropfen fallen auf die Bodenfliesen. Es war die Entfernung, sagt sie. Mark presst die Lippen aufeinander. Sie fragt: Hast du etwas von ihr gehört?, und schon während sie fragt, weiß sie, dass er nicht einmal den Kopf schütteln wird. Wenn er trinkt, sieht es aus, als ob ihm das Schlucken schwer fiele, der Kaffee muss längst kalt sein. Du erzählst gar nichts, sagt sie. Er hebt die Schultern und sagt so leise, dass sie ihn kaum verstehen kann: Ich weiß doch nichts.

Leonie habe von einem Tag auf den anderen kein Fleisch mehr gegessen und begonnen, ein Kopftuch zu tragen. Sie habe gesagt, dass die Welt vor einer Katastrophe stehe. Sie hätten sich immer seltener gesehen, weil sie der Meinung war, er esse absichtlich Zunge und Schweinshaxe, um sie danach mit Fasern zwischen den Zähnen zu küssen. Und eines Abends habe sie erklärt, in ein Kloster am Bodensee gehen zu wollen. Zum ersten Mal hätten sie sich verabschiedet, ohne einander die Hand in den Nacken zu legen, Leonie sei mit einem dunkelblauen blumenbestickten Kopftuch über den Locken die Treppe hinuntergestiegen. Er habe am Küchentisch gesessen und eine Flasche Wein getrunken, um der Versuchung zu widerstehen, aufs Rad zu steigen und zu ihr zu fahren. Seit diesem Abend habe er sie nicht wiedergesehen. Sie habe ihre Wohnung gekündigt, ohne eine neue Adresse zu hinterlassen, keine Telefonnummer, nichts.

Der Bodensee, sagt Mark, ist ziemlich groß. Gibt es da überhaupt Klöster?, fragt er. Sie nimmt ihm die Tasse aus der Hand, stellt sie auf die Theke des Getränkekiosks. Klöster gibt es überall, sagt sie, und dass sie noch einmal ins Wasser will, bevor sie geht. Der Bademeister hat das Radio ausgeschaltet und spielt mit seiner Trillerpfeife, die Frauen mit den Vitamindrinks sind zur Sauna hinuntergestiegen, vor den Fenstern regnet es. Kirsten schließt die Augen, als sie untertaucht, sie zieht die Arme durchs Wasser, der Widerstand scheint schwächer zu sein als vorhin, und diesmal schwimmt Mark so langsam, dass er neben ihr bleibt. Ich glaube, sagt er auf halber Strecke, ich habe kaum was von ihr gewusst. Kirsten nickt. Aber dann stellt sie fest, dass man beim Schwimmen nicht nicken kann. Wieder schluckt sie Wasser, nur dass ihr jetzt egal ist, ob er ihre kurze Panik bemerkt.

Nachdem sie drei Bahnen geschwommen sind, halten sie sich am Beckenrand fest und ruhen aus. Ich habe die Wette gewonnen, sagt Kirsten, Leonie ist mir etwas schuldig. Aber jetzt ist sie fort, sagt Mark, du hast umsonst gewartet. Und plötzlich streckt er unter der Wasseroberfläche eine Hand aus und legt sie auf Kirstens Brust. Kirsten greift nach der Leiter. Ich bin nicht Leonie, sagt sie, steigt aus dem Wasser und sieht auf Mark hinunter. Unter seiner Badekappe sehen störrische Haarspitzen hervor. Hoffentlich, sagt er, ehe er seinen Körper erneut herumwirft und loskrault, hoffentlich gehst du jetzt nicht auch ins Kloster.

Glückskekse

Marianna zu küssen war das eine. Marianna hatte einen blonden Zopf, dunkle Brauen und dunklen Flaum auf der Oberlippe. Ihr Körper war schwer und fest wie mit Puderzucker bestäubter Stollen. An dem Tag, an dem ich sie küsste, einem Tag im August, kam der Regen. Wir standen auf dem Dorfplatz, die Tropfen in der Luft und auf unseren Wimpern waren so fein, dass ich minutenlang nicht hätte sagen können, ob es regnete oder vom Boden her Nebel aufstieg. Wir standen auf dem Dorfplatz, Marianna schmeckte nach Bohnen und Kaugummi, sie löste die Lippen von meinen und ohrfeigte mich. Sie hatte kräftige Oberarme, meine Ohren brannten. Entschuldige, sagte sie, vielleicht hat uns jemand gesehen. Sie zog mich hinter die Hecke beim Haus, schlang die Arme um meinen Hals und küsste mich wieder. Aus meinen Haaren lief das Wasser in den Nacken, den Rücken hinunter, ich drückte die Hände auf Mariannas Hüften, und unsere Zähne schlugen gegeneinander. Der Regen wurde stärker, Marianna biss in meine Unterlippe, unsere Beine zitterten, obwohl es nicht kalt war. An meinen Oberschenkeln klebte der Rock, den ich am Morgen angezogen hatte. Wir sahen die Katzen, sie schrien und kratzten an der Hintertür, um eingelassen zu werden.

Marianna zu küssen war das eine. Ihr Vater saß im Büro des Ferienbauernhofes über Rechnungen und Werbeprospekten. Er schlägt mich tot, sagte Marianna. Ich vermutete, dass sie übertrieb, aber ich wollte es nicht darauf ankommen lassen.

Vielleicht würde er nicht sie, sondern mich erschlagen. Schon an meinem ersten Abend im Ferienbauernhof hatte Marianna mir erzählt, ihr Vater habe einen jungen Stuttgarter Gast die Stiege neben der Tenne hinuntergestoßen, weil der beim gemeinsamen Abendessen, es gab Bratkartoffeln, Spiegelei und Speck, Mariannas Brust gestreift hatte. Ihr Vater, sagte Marianna, habe sich nichts anmerken lassen und dem Stuttgarter erst Stunden später aufgelauert. Prellungen im Rippenbereich und an den Hüften, zählte sie auf, beide Handgelenke gestaucht. Der Stuttgarter konnte nicht beweisen, dass es etwas anderes war als ein Unfall. Mit den bandagierten Handgelenken habe er Abend für Abend Suppe gelöffelt und nicht mehr gewagt, auch nur den Blick zu heben, wenn Marianna mit einem Korb Dinkelbrot von einem Gast zum anderen ging.

Marianna war sechzehn, ich hatte für drei Wochen ein schmales Dachzimmer auf dem Ferienbauernhof ihres Vaters gemietet, ich mochte die struppigen Katzen, die heiße Milch mit Honig, die es zum Frühstück gab. Nachdem Marianna mich auf dem Dorfplatz geküsst hatte, hörte es zwölfeinhalb Tage nicht auf zu regnen. Wir trafen uns weder in Mariannas noch in meiner Kammer, wir trafen uns auf dem Heuboden, einem, wie Marianna sagte, von ihrem Vater vergessenen Ort. Heu wurde hier schon lange nicht mehr gelagert, und für die Vermietung konnte der Raum nicht genutzt werden. Nur eine hölzerne Leiter führte hinauf. Hohe, schräge Wände, weiß gekalkt, oberhalb der Fensterluke vier schmale Querbalken. Auf dem Boden lagen Matratzen mit fleckigen Bezügen, Marianna fegte den Staub aus der Tür und stellte Kerzen auf, lila Kerzen mit Fliederduft, der meine Augen tränen ließ und mir die Luft nahm. Draußen schrien die Katzen. Die Stimmen der Gäste, die unter dem gestreiften Schirm im Obstgarten saßen, wurden durch den Regen gedämpft. Über uns klapperten lose Dachziegel, als balancierte einer auf dem First.

Man konnte noch erkennen, wie der Hof genutzt worden war. Den großen Saal bezeichnete Mariannas Vater als Tenne, von dort führten Gittertüren in die ehemaligen Pferdeställe, in denen sich jetzt das Fernsehzimmer und die Frühstücksräume befanden. In der so genannten Bibliothek stand ein schmales Regal mit regionalen Bildbänden und ein paar zerlesenen Romanen. Hüfthohe steinerne Tröge links und rechts vom Eingang, Eisenringe an den unebenen Wänden. Im Kaminzimmer hingen Hacken, Heugabeln und Sensen über den Eckbänken, neben der Küchentür etwas, das Marianna eine Kartoffelkralle nannte. Dass der Ferienbauernhof seit über zehn Jahren nicht mehr bewirtschaftet wurde, hatte mich bei meiner Ankunft so enttäuscht, dass ich nächtelang nur wenig schlief. Nassgeschwitzt und wütend warf ich mich von einer Seite auf die andere und zählte die Stunden bis zum Morgen. Auf Hühner mit scharfen Schnäbeln und stinkende Schweine hatte ich gehofft, als ich Ferien auf dem Bauernhof buchte, auf das Muhen von Kühen um fünf Uhr früh, darauf, helfen zu können bei der Bewässerung von Maisfeldern, dem Striegeln von Pferden, wobei auch immer. Aber angebaut wurden nur Möhren und grüner Salat, und die einzigen Tiere waren Katzen mit breiten braunen Streifen auf Rücken und Kopf und fette Spinnen, in deren Netzen morgens der Tau hing. Vielleicht gab es Mäuse im Keller und in der Speisekammer, ich glaubte einige Male, ein Fiepen zu hören, aber ich war nicht sicher, und Marianna wollte mir nichts darüber sagen.

Marianna führte mich auf den Heuboden, ich schob die Matratzen unter die Dachluke. Ich wollte ihren Körper sehen, wollte, dass Licht auf ihre Haut fiel. In einer Stunde, sagte sie, muss ich in der Küche sein, das Abendessen vorbereiten. Ich legte einen Finger auf ihren Mund, sie öffnete die Lippen, sagte: Kartoffelbrei und Leber! und fuhr mit der Zunge über meinen Nagel. Als ich sie küsste, begann sie zu zittern, ich strich mit den Händen über ihren muskulösen Rücken, hinauf und hinunter. Mit Zwiebeln?, fragte ich, und sie nickte. Sie trug einen engen Rock aus Baumwolle, blau wie die Blumen auf den Handtüchern in der Gemeinschaftstoilette, ihr T-Shirt hatte unter dem linken Arm ein Loch und riss weiter ein, als sie es über den Kopf zog. Mir ist heiß, sagte sie, meine Zähne sind taub und pochen, bedeutet das, dass ich verliebt bin? Marianna, sagte ich, halt den Mund.

Du bist nicht da, schrie Marianna, du bist in meinem Kopf. Die Wolken wurden mit jedem Tag schwerer und drohender, Marianna und ich zwängten uns im warmen Regen durch den Mais, Marianna zog ihre rote Bluse aus und hielt sie mit beiden Armen über den Kopf. Die Maisblätter schnitten in meine Haut, die Spitzen der Halme waren der Horizont, ich stolperte und fiel hin, Mariannas Brüste ragten in den Himmel. Küss mich, sagte ich. Wir müssen in die Mitte, sagte Marianna. Sie legte den Kopf in den Nacken, atmete Tropfen ein und verschluckte sich, beim Husten bekam sie Flecken auf den Wangen. Irgendwo hinter den Wolken musste die Sonne sein. Mitten im Maisfeld öffnete sich eine Lichtung, drei mal drei Meter, Marianna schmierte nasse Erde auf ihre Beine und schrieb mit den Fingern unsere Namen in den Schlamm. Sie griff nach meinen Haaren, bog auch mir den Kopf zurück. Schau dir den Regen an, sagte sie, schau genau hin. Das Wasser lief in meine Augen, und obwohl ich sie nicht ansah, wusste ich, dass Marianna weinte. Sie legte meine Hände über ihre Lider und sagte: Bleib hier, geh nicht zurück, im Eiscafé wird eine Stelle frei.

In einem Faltblatt, das Mariannas Vater an alle Gäste verteilte, las ich, die Einwohnerzahl der Gemeinde betrage 7400. Hervorgehoben wurden die in neuerer Zeit hinzugekommenen Siedlungs- und Gewerbegebiete und die Wallfahrtskirche, 1151 zum ersten Mal urkundlich erwähnt, 1961 um einen Kreuzweg erweitert. Neben zwei Hotels biete der Ort eine bemerkenswerte Gastronomie und ein fünfundzwanzig

Kilometer langes Wanderwegenetz, Sportanlagen, Spiel- und Grillplatz. Die breit gefächerte Wirtschaftsstruktur sorge für 2000 Arbeitsplätze, die Gesundheitsversorgung umfasse Zahnärzte, eine Apotheke, die Tierklinik und das Altenheim. Die Existenz von über siebzig Vereinen und Verbänden, darunter zahlreichen Schützenvereinen, belege die außergewöhnliche Geselligkeit der Bevölkerung.

Ich muss hier weg, sagte Marianna. Sie stand auf, zog sich an und fuhr mit den Fingern durch ihre Haare, band sie mit einem grünen Gummi zusammen, dann stieg sie hinunter in die Küche, um wieder einmal für die Gäste das Abendessen zu kochen, paniertes Schnitzel mit Beilagen. Als ich später an der geöffneten Küchentür vorbeiging, band Marianna sich gerade ihre Schürze um, sie schlug mit einem Kochlöffel in meine Richtung und sagte: Hau ab, gleich kommt mein Vater. Ich stolperte durch die Hintertür, mir war schwindlig vom langen Liegen unter der Dachluke, mir war schwindlig von Mariannas Fliederkerzen und auch von Marianna selbst, ich stolperte über den Dorfplatz und die Hauptstraße entlang. In den Vorgärten standen bunt bemalte Tiere aus Gips, auf einer Bank saß, in lebensgroßer Nachbildung, ein Kinderpaar, Hand in Hand. Am hellblauen Kleid des Mädchens lief der Regen hinab. Umgestürzte tönerne Amphoren lehnten an efeubewachsenen Hügeln, winzige Hecken ergaben geometrische Muster, und künstlich patinierte Stühle, zu denen schmale Pfade führten, standen vor den verklinkerten Häuserwänden. Im Glaskasten vor der Wallfahrtskirche warb ein Plakat der Kolpingfamilie für die traditionelle Fahrzeugsegnung. Wir segnen alles, stand dort, vom Kinderfahrrad bis zum Lkw. Unterzeichnet war der Aushang von den aktuellen Vorstandsmitgliedern, darunter Mariannas Vater.

Mariannas Vater war ein kleiner Mann, durch dessen lichtes Haar die Kopfhaut schimmerte. Er trug Hosen mit schlecht gebügelten Falten, braune Hosenträger über weißen oder blasskarierten Hemden. Seine Mundwinkel hingen herab, nur die Augen schienen beweglich in dem Gesicht mit den hohen Wangenknochen. Marianna sagte, ihr Vater sei ein Außerirdischer, der an ihr die Lebensgewohnheiten junger Frauen studieren wolle. Als er sie von ihrer Mutter fortholte, habe er ihre Erinnerung manipuliert. Er lasse sie glauben, sie habe immer in diesem Dorf gelebt, bei ihm und den struppigen Katzen, von denen ab und an eine sterbe und unter den Pflaumenbäumen im Obstgarten begraben werde. Aber in jedem Frühjahr gebe es einen frischen Wurf. Wir gingen spazieren, es war mitten in der Nacht, nach zwei, beinahe drei, und der Regen war schwächer geworden. Wir liefen an der Fleischfabrik vorbei, es stank, Marianna sagte, nach Schweineblut, wir hielten uns hinter dem Rücken an den Händen. Auf dem Berg blinkten die Lichter an den Spitzen der Windräder. Einundzwanzig Windräder waren es, an meinem ersten Urlaubsnachmittag hatte ich auf dem Funkturm gestanden und sie gezählt. Die Warnlichter standen für Sekunden wie rote Sterne am Himmel. Signale für das Raumschiff, sagte Marianna, die wollen meinen Vater abholen, aber seine Versuche sind noch nicht beendet. Vielleicht ist es umgekehrt, sagte ich, vielleicht bist du diejenige, die nicht von hier ist. Marianna sagte: Kommt später wieder, das ist seit vielen Jahren die Nachricht an seine Artgenossen. Sie griff meine Hand noch fester. Es gebe nichts auf der Welt, was ihr fremder sei als ihr Vater.

Obwohl der Regen anhielt, blieb es heiß auf dem Heuboden. An einem Freitag lag ich nackt auf den Matratzen und schlief, ich fuhr hoch, als Marianna die Leiter heraufstieg. Sie schloss die Tür und kam auf mich zu. Unter dem Rock das Reiben ihrer Oberschenkel. Sie roch nach Obst, ich musste plötzlich an Pflaumen denken, daran, dass man sie zwischen vier Fingern platzen lässt und auseinander zieht, bevor man den Kern entfernt. Marianna trug in der rechten Hand eine Tüte mit chinesischen Glückskeksen, riss sie auf und streute die zusätzlich einzeln verpackten Kekse über meinen Körper und die Matratze. Ich habe unsere Zukunft mitgebracht, sagte sie. Zieh dich an, sagte sie, wir essen Kekse. Ich zog mich an, wir saßen nebeneinander, Mariannas Gesicht war rot, und sie achtete darauf, mich nicht zu berühren. Wir zerrissen die Plastikfolie mit unseren Nägeln und Zähnen und knackten die trockenen Muscheln. Die Papierstreifen waren schmal, der Teig der Kekse zerbröckelte auf der Zunge und schmeckte alt und verbrannt. An deinem Arbeitsplatz, las Marianna laut, wirst du bald die beste Stellung bekommen. Ich habe ja keinen Arbeitsplatz, sagte sie. Ich kniff sie in den Arm und fragte, was es zum Abendessen gebe. Marianna lachte und sagte: Spirelli mit Gulasch und Käse. Sie griff nach einem neuen Keks, schlug mir meinen Zettel aus der Hand, als ich las: Du wirst eine weite Reise machen. Das weiß ich auch so, schrie sie, ich will nichts davon hören. An ihrem Zopf löste sich das Band, sie knotete wütend die Strähnen zusammen, ich sah, wie sie an den Haaren zerrte. Immerhin stimmt es, sagte ich. Marianna kniff die Augen zusammen, ich nahm einen Keks aus ihrem Schoß und fragte: Soll ich für dich nachsehen? Sie flüsterte: Lies den englischen Text, dann kann ich sagen, ich hätte nichts verstanden. An emptiness, las ich, is going to be filled up. Mariannas Augen waren hellgrün, mit einem grauen Kranz um die Iris, sie sah mich an. Ich streckte die Hand aus und fuhr mit dem Nagel des Zeigefingers an ihrem Hals entlang, vom Haaransatz abwärts bis zum Schulterblatt, fühlte das Klopfen ihrer Adern in meinen Fingerspitzen. Mariannas Schulenglisch war gut genug für Sprüche aus Glückskeksen, sie biss auf die Unterlippe, um nicht zu lachen, und schob die Hände zwischen meine Knie. Gegen dein Schicksal bist du machtlos, sagte ich. Füll sie aus, sagte Mariannas Mund an meinem Ohr, ihr Atem strich über die feinen Härchen im Gehörgang. An emptiness is going to be filled up. Ich schob die knisternden Kekse von der Matratze, von einem Moment zum anderen hatte es aufgehört zu regnen, die Tropfen schlugen nicht länger auf das Dach und die Luke. Glückskekse, sagte Marianna, das sind Glückskekse.

Der Mann vom Frischemarkt erzählte, Mariannas Mutter sei vor acht Jahren von einem Kleinbus mit Dortmunder Kennzeichen überfahren worden, an der einzigen Ampelkreuzung des Ortes, die Dortmunder hatten Rot. Zu sechst hätten sie im Bus gesessen, sie seien von einem Auswärtsspiel gekommen. Während sie weiterfuhren, hätten sie lange Schals aus den offenen Wagenfenstern geschwenkt, es habe ausgesehen, als wollten sie Mariannas Mutter ein Lebewohl zuwinken. Ich schloss die Augen und sah nicht Mariannas Mutter, sondern Marianna vor mir, wie sie mit angezogenen Beinen, die Arme von sich gestreckt, in einen friedlichen Himmel sah. Meine Hüfte stieß gegen eine Obstkiste, zu meiner Linken standen Gläser mit eingelegten Tomaten, der Frischemarkt führte eine Auswahl italienischer Spezialitäten. Der Mann unterbrach seinen Bericht und zählte stattdessen die Vorzüge der Tagliatelle und verschiedener Weine auf. Ich verlangte einen trockenen Roten, herb, so herb wie möglich. Es ist mein letzter Abend, sagte ich, morgen früh um Viertel vor acht geht der Bus. Der Mann vom Frischemarkt schlug den Wein in rosa Papier, das er mit Tesafilm verklebte, er legte seine breiten Hände um den Flaschenhals und sagte: Schon?, das tut mir Leid für Marianna. Ich starrte ihn an. Auf seinem gesenkten Kopf lagen die Haare in zitternden Strähnen. In der Nacht zuvor waren Mariannas Tränen auf meinem Gesicht zu Krusten getrocknet, bevor sie endlich einschlief. Ich dachte daran, wie ich mit der Zunge die Mundwinkel ausgeleckt hatte, zahlte und ließ das Wechselgeld ins Portemonnaie rutschen, ohne nachzuzählen. Der Mann vom Frischemarkt reichte die Weinflasche über die Theke und sah durch die Glasfront nach draußen, er sagte: Verzeihung, es geht mich nichts an.

Wir haben den Wein nicht getrunken. Als ich die Tenne betrat, der Beutel vom Frischemarkt schlug gegen meine Knie, kam mir Mariannas Vater entgegen. Er lief aus seinem Büro an mir vorbei zum Fernsehzimmer, seine Regenstiefel schlappten auf dem steinernen Boden wie Gummiflossen, ich wollte lachen, aber er hob die Finger zu den geschwollenen Adern an seiner Stirn und rief: Wissen Sie es schon, ich habe es im Radio gehört. Der Fernseher wurde nur langsam warm, erst kam der Ton, dann das Bild, wie immer. Mariannas Vater und ich saßen dicht beieinander auf dem schwarzen Ledersofa, ich konnte den Tabakrauch riechen, der in den Poren und Falten seiner Haut saß. Die Fernbedienung in beiden Händen wechselte Mariannas Vater ständig den Sender, aber alle zeigten die gleichen Bilder. Die Aufnahme vom Einschlag des zweiten Flugzeugs hielt ich für eine Computersimulation, bis sich die Sendeleitung entschloss, den Originalton zu unterlegen. Die Fensterscheiben der brennenden Türme glänzten, der Himmel war blau wie auf den Fotos im Werbeprospekt des Ferienbauernhofes. Mariannas Vater drückte die Tasten der Fernbedienung. Sein rechter Fuß klopfte gegen den Blumenschemel, ich stützte die Ellenbogen auf die Knie, es war ein Blumenschemel mit Buchenfurnier, darauf zwei Alpenveilchen. Auf dem Bildschirm stürzte der erste Turm in sich zusammen. Der Kommentator begriff nicht, was geschehen war, sprach minutenlang von einer neuen Explosion. Mariannas Vater warf die Fernbedienung auf den Boden, er schlug seine Handflächen gegen die Sofalehne, schüttelte den Kopf und schrie: Die sind alle tot! Ich glaube, ich wollte einen Arm um seine Schultern legen, vielleicht wollte ich seine Hände mit meinen umschließen, seine Schläfe berühren, aber dann stieß Marianna die Gittertür auf und fragte: Warum schreit ihr so? Sie sah zum Bildschirm, öffnete und schloss den Mund, ihre Zähne glänzten weiß. Irgendwo schlug eine Uhr, und plötzlich dachte ich, Marianna ist hässlich, ein hässlicher Fisch, ihr Mund ging auf und zu. Vielleicht lag es am flackernden Fernsehlicht, an den

Menschen, die sechstausend Kilometer von uns aus geborstenen Fenstern sprangen, vom Wind durch die Luft getrieben wurden wie Fetzen von Zeitungspapier, oder daran, dass Marianna, als sie nach langer Zeit sprach, nur ein einziges Wort sagte: Cool. Ich wandte den Blick zurück zu dem Kommentator in seinem zitronengelben Studio. Mariannas Vater stand auf, ich glaube, er griff nach Mariannas Ohr, als wäre sie ein widerspenstiges junges Pferd. Sie schrie, er nahm ihren Arm, und sie gingen nach draußen. Ich wusste, dass Marianna mich ansah, bis ihr Vater die Tür geschlossen hatte. Ich legte die Hände an meine Wangen, der zweite Turm war eingestürzt, im Studio stritten Experten über die schlüssigste Definition von Terrorismus, jemand sagte: Politisch motivierte Gewaltanwendung und -androhung Einzelner oder kleiner Gruppen. Durch die Fenster des ehemaligen Pferdestalles fiel wenig Licht, vom Sitzen auf den zu weichen Polstern tat mir der Rücken weh. Ich dehnte die Arme, wieder schlug eine Uhr, ohne dass ich wusste, wie spät es war. Jedenfalls war es zu spät, um irgendetwas zu tun. Ich dachte an meinen schmerzenden Rücken und blinzelte oft. Sie zeigten die Aufnahmen in einer Endlosschleife, die professionellen und auch die Amateurvideos, spielten dazu getragene Musik, ich drehte den Ton ab, blieb aber sitzen. Vielleicht kochte Marianna das Abendessen, sie hatte von gebratener Entenkeule gesprochen, obwohl das ein Sonntagsgericht war. Von gebratener Entenkeule in Beifußrahm hatte sie gesprochen, an einem Dienstag, mit Rotkohl und Klößen. Neben meinem Fuß stand die Tüte vom Frischemarkt, darin der Wein, den ich für unsere letzte Nacht gekauft hatte. Ich konnte weder Marianna noch ihren Vater hören. Auch von den anderen Gästen hörte ich nichts, ich stellte mir vor, dass sie zwischen den leise summenden Windrädern auf dem Berg spazieren gingen. Immerhin hatte es aufgehört zu regnen.

Gott ist groß

Als sie ihn zwischen den Meisen auf der Parkbank sitzen sah, dachte sie, dass sie ihn kannte. Woher, das hätte sie nicht sagen können, aber sie erinnerte sich an sein faltiges Gesicht und die einwärts gerichteten Füße. Sie sprang vom Rad, lief ein paar Schritte, um den Schwung abzubremsen, die Gummisohlen ihrer Flip-Flops klatschten auf den Straßenteer. Es war Sommer. Auf der anderen Seite des Sees übten Kinder mit Inlineskates, Schlangenlinien und Kreise zu fahren, sie sprangen über die Bordsteine und jagten die Treppenstufen zum Spielplatz hinunter. Das Fahrrad rutschte weg, als Marthe es an den Stamm einer Linde lehnen wollte, die Tasche im Korb auf dem Gepäckträger war schwer. Vier Romane und zwei Bände über eine Polarreise. Sie hatte es wieder nicht geschafft, die Bücher aus der Stadtbibliothek zu lesen, sondern würde die Frist nur ein weiteres Mal verlängern lassen. Seit ein paar Monaten arbeitete sie an jedem Wochentag bis zu zehn Stunden. In der Suppenküche wurde nicht nur Suppe ausgegeben, im Hinterzimmer lagen auf Wandbrettern Hemden und Hosen aus Altkleidersammlungen, und Frau Werner vom Trägerverein hatte eine Duschkabine und zwei gebrauchte Waschmaschinen anschließen lassen. Eine der Waschmaschinen lief aus, regelmäßig wischte Marthe seifiges Wasser vom Boden. Wenn sie auf dem Zement kniete und über einem Eimer den Lappen auswrang, sah sie im Licht, das durch das kleine quadratische Fenster fiel, ihre braun gebrannten schmalen Knie. Die Haut der Schienbeine wurde von der Feuchtigkeit trocken und rissig.

Die Hände des Mannes auf der Parkbank streuten mit mechanischen Bewegungen Brotkrumen zwischen die Meisen. Die Vögel pickten, zwitscherten und schrien. Als Marthe näher kam, stoben sie davon. Der alte Mann blickte hoch und forderte Marthe mit einer Kopfbewegung auf, weiterzugehen oder sich auf die andere Seite der Bank zu setzen. Seine Augen waren überraschend hellblau, die Lider darüber gelb. Guten Tag, sagte Marthe. Ruhe, sagte er, Sie vertreiben die Vögel.

Natürlich stank er. Auf einer Wiese hinter der Bank lagen zwei mit pausbäckigen Engeln bedruckte und prall gefüllte Plastiktüten, daneben leere Flaschen, ein Stapel welliger Zeitungen. Marthe wusste, wie Männer rochen, die lange in denselben Sachen geschlafen hatten, oft nur mit ein wenig Bier im Magen. Sie schliefen auf Bänken, unter den Brücken, im Laub. Im Hinterzimmer der Suppenküche diente eine an Drähten aufgehängte Wolldecke als Umkleidekabine. Während sich die Männer auszogen, stellte Marthe das heiße Wasser an und öffnete die Verschlüsse der großen Flaschen mit Duschbad und Shampoo. Die Hosen, Jacken und Unterhosen wusch sie ohne Ausnahme im Kochwaschgang. Von den Regalen suchte sie neue Kleidung zusammen und legte sie auf einem Hocker bereit, bevor sie den Raum verließ, um in der Küche frischen Kaffee zu kochen. Der Kaffee war dünn, das Pulver wurde in unregelmäßigen Abständen von einer Kirchengemeinde gespendet. Die Suppe kam erst um zwölf, in großen Thermosbehältern.

Der alte Mann auf der Bank roch anders als die Männer, die in die Suppenküche kamen, um dort zu duschen. Er roch wie die giftigen Blumen im Tropenhaus. Aber seine Hände waren sehnig und sauber, die Haut an den Fingerkuppen sah weich aus. Schlafen Sie hier im Park?, fragte Marthe. Er schüttete die letzten Weißbrotkrümel aus der Papiertüte in seine hohle Hand und warf sie zu den auffliegenden Meisen hinüber. Marthe sah die gelben Bäuche der Vögel, ihre weißen Wangenflecken. Der Mann faltete die Tüte zu einem kleinen Paket und schob sie in seine Brusttasche. Die Haarbüschel auf seinem Kopf waren weiß und so flaumig wie die Federn der Meisen. Mit der Rechten entfernte der Mann einen Fussel von Marthes Rock und ließ ihn neben der Bank zu Boden fallen. Sind Sie von der Kirche?, fragte er endlich. Nein, sagte sie, von der Suppenküche in der Bremer Straße. Sie schwiegen, auf der anderen Seite des Sees schrie ein Kind, vielleicht auf dem Spielplatz. Marthe stellte sich vor, es sei beim Schaukeln gestürzt und liege im Sand, während die Schaukel, von seinem Gewicht befreit, ein letztes Mal hoch in den Himmel schwingt. Ich fahre in die Bibliothek, sagte sie. Die Kirche, sagte der Mann, ist gottlos geworden.

Marthe sagte, sie mache sich auf den Weg, und sah zu ihrem Rad hinüber, dessen Schutzblech verbogen war und rostete. Die Bibliothek schloss um sieben, die Hitze verstärkte die Müdigkeit. Der alte Mann hob die Hand und strich sich über den Kopf. Er trug ein fleckiges blaues Hemd mit kurzen Ärmeln und eine an den Nähten löchrige Anzughose, er sagte: Jesus Christus ist der Weg. Marthe schwieg, in den Büschen zwitscherten die Meisen, es klang, als unterhielten sie sich. Eine Frau mit zwei unterschiedlich großen Kunstledertaschen am Arm führte ihren Dackel den Weg entlang und sah geradeaus. Kommen Sie morgen vorbei, sagte Marthe, ich kann Ihnen Brot mitgeben für Ihre Vögel. So Gott will, sagte der Mann und schloss die Augen, er sagte: So Gott will und wann er will, aber nicht eher, als er will.

Gerade als Marthe das Rad zum Weg geschoben, ihren Fuß schon auf das Pedal gesetzt hatte, verschwand die Sonne hinter einer Wolke, und eine einzelne Meise rief laut und schrill. Der alte Mann sprang auf, er schwankte, hielt sich an der Lehne der Bank fest und streckte eine Hand nach Marthe aus. Sie ließ das Rad fallen, wobei ihr der Kettenschutz den Knöchel blutig schrammte. Aber der Mann schien sich wieder gefangen zu haben. Die Meise, sagte er heiser, haben Sie nicht gehört, dass sie sich von Ihnen verabschiedet hat? Sie müssen mehr trinken, sagte Marthe. Tschüss, sagte der Mann und griff nach ihrem Arm, sie hat Tschüss gesagt. Das hat sie von den Liebespaaren gelernt!

Er kam nicht am nächsten Tag und nicht in der nächsten Woche, es wurde August, die Bibliothek schloss vom Fünfzehnten bis zum Neunundzwanzigsten. Die Bibliothekarin fuhr wie jedes Jahr an die Nordsee. Marthe schöpfte Suppe in Teller und kochte dünnen Kaffee, sie wischte die Böden, kehrte den Gehweg und kaufte ein neues Duschbad mit Orangenaroma und Feuchtigkeitsdepot. Sie ließ sich von Männern an den Hintern fassen, von Frauen auf den Schoß ziehen und mit alter, salzig schmeckender Schokolade füttern. Aus dem Abfluss der Duschkabine kratzte sie Haare und Plastikstreifen von Probepackungen aus der Apotheke. Mit einer alten Handbürste rieb sie im Toilettenbecken herum, in das sich gelb der Urin gefressen hatte. Sie lächelte, bis das Lächeln auf ihrem Gesicht blieb und sie es erst bemerkte, wenn sie in einen Spiegel sah. Sie entspannte sich, drehte den Wasserhahn auf und zu, wusch sich die Hände und desinfizierte sie.

Erst als Marthe nicht mehr an ihn dachte, an einem Morgen, dessen Stille nur durch das Klingeln der Eiswagen unterbrochen wurde, betrat der Mann aus dem Park die Suppenküche. Sein Hemd und die Anzughose hatten den gleichen undefinierbaren Farbton angenommen. Marthe trocknete sich die Hände an einem Geschirrtuch ab, die Suppenküche war leer, nur Verena, die jeden Tag kam, saß an der rechten Wand, unter dem Apothekenkalender. Verena trug ein lila Kämmchen in ihrem dünnen Haar und hatte vergeblich versucht, ihre Krähenfüße zu überschminken. Jetzt suchte sie Marthes Blick, hielt sich mit den Fingern die Nase zu und verdrehte die Augen, bis nur noch Weißes zu sehen war. Der Mann aus dem Park trug in der einen Hand seine Tüten, unter dem anderen Arm eine schwarze Aktentasche aus weichem geprägtem Leder. Ohne nach links und rechts zu sehen, ging er auf Marthe zu und hielt ihr die Tasche hin. Marthe öffnete die Tür zur ehemaligen Speisekammer, die sie als Büro nutzte. Die Einrichtung des fensterlosen Raums bestand aus einem winzigen, von Briefen und Klemm-Mappen bedeckten Klapptisch, einem Hocker und einem in der Wand verschraubten Regal, dessen unterstes Brett in zwei Teile zerbrochen war. Der Mann aus dem Park wollte sich nicht setzen. Er sagte, er habe auf einer Bank geschlafen und früh die Aktentasche im Gras liegen sehen, nass vom Tau und halb geöffnet. Er habe den Verschluss einrasten lassen und nicht gewusst, was weiter zu tun sei. Schließlich habe er beschlossen, die Tasche hierher zu bringen. Ich habe nicht hineingesehen, sagte er, und nichts gestohlen. Marthe nickte und nahm endlich die Tasche aus seiner ausgestreckten Hand, trotzdem sagte er noch einmal: Wirklich nichts angefasst habe ich.

In der Aktentasche fand Marthe eine Mappe, an der ein goldener Kugelschreiber befestigt war, außerdem einen Taschenkalender mit Reißverschluss und eine Packung Kondome. Die Papiere in der Mappe waren eng bedruckt, und hinter dem durchsichtigen Kalendereinband steckten Visitenkarten. Sie setzte sich, hob das Telefon auf ihren Schoß und tippte die Nummer ein, der Mann hieß Ludger Reiners, war Immobilienmakler und hob schon nach dem ersten Klingeln ab. Marthe notierte seine Privatadresse, er hatte eine hohe Stimme und redete so schnell, dass sie seinen Worten kaum folgen konnte. Sie versprach, die Tasche vorbeizubringen. Während sie auflegte, sagte sie zu dem Mann aus dem Park: Er lässt Ihnen danken, das ist ein wichtiger Vertrag. Hat er die Tasche verloren?, fragte der Mann. Er ist überfallen worden, sagte sie, nur ein paar Meter von Ihrer Bank entfernt. Der alte Mann schüttelte den Kopf. Ich habe geschlafen, sagte er.

Ihr Angebot, im Hinterzimmer zu duschen, lehnte der Mann ab. Als Verena das hörte, hielt sie die rechte Hand zur Faust geballt in die Höhe und schrie: Sie stinken wie eine Jauchegrube, und ich habe vor, hier Suppe zu essen. Es steht geschrieben, sagte der Mann aus dem Park mit gesenktem Kopf, wer mein Jünger sein will, der nehme sein Kreuz auf sich und folge mir nach. Jesus, schrie Verena, hat nicht gestunken wie eine Jauchegrube, das sage ich Ihnen. Der Mann aus dem Park presste seine Lippen aufeinander und faltete die Hände, aber es sah nicht aus, als würde er beten, es sah aus, als wärmte er sich die Finger. Damit Verena zu schreien aufhörte, nahm Marthe ihn mit in die Küche, obwohl das nicht erlaubt war.

Sie hatte in ihrem Leben nur sechs- oder siebenmal eine Kirche betreten, als Kind, zusammen mit einer Tante, deren Hände von braunen Flecken überzogen waren. Tante Nate, die ältere Halbschwester des Vaters, starb, bevor Marthe zehn war. Während der Gottesdienste hatte sie mit geradem Rücken auf der hölzernen Bank gesessen, Marthe an den vorgeschriebenen Stellen die Hände ineinander gelegt und sie an den Achseln hochgezogen, wenn die Gemeinde sich erhob. Marthe hatte die langen Fingernägel gespürt, durch die wattierte Jacke hindurch, und sie hatte gefroren, immer war Winter, wenn Tante Nate mit ihr in die Kirche ging. Hinter den Mauern lag Schnee mit gelben Löchern vom Urin der Hunde. Unter der Kirchenbank wurden Marthes Füße steif, trotzdem mochte sie die Stunden neben der leise murmelnden Tante. Sie richtete ihren Blick auf die Holzskulptur des Gekreuzigten über dem

Altar, auf die geschmeidig von den Nägeln herabhängenden Hände und Füße. Manchmal sank ihr der Kopf auf die Brust, und sie schlief ein, für kurze Momente, in denen sie von etwas träumte, das die Tante die Zärtlichkeit Gottes nannte. Die Zärtlichkeit Gottes stellte sich Marthe vor wie den sanften Schwindel, den sie spürte, wenn sie vor dem Einschlafen in ihrem Kinderbett hin- und herschaukelte.

Der Mann aus dem Park stand neben dem Kühlschrank, von der Kühlschranktür war Farbe abgeplatzt, und das Metall darunter rostete. Während Marthe Wasser in den Kocher füllte und Beutel mit grünem Tee aus dem Schrank nahm, fiel ihr auf, dass der Mann seine Arme leicht anwinkelte, bis sich die Handgelenke auf Hüfthöhe befanden. Seine Hände hingen herab, die Füße schienen noch stärker einwärts gerichtet als bei ihrer ersten Begegnung. Obwohl es nichts zu hören gab als das Rauschen des Wassers, legte der Mann seinen Kopf so schräg, dass das rechte Ohr fast die Schulter berührte. Lassen Sie mich Ihre Sachen waschen, sagte Marthe. Er riss die Augen auf und fragte: Soll ich nackt auf die Straße? Sie lachte, goss heißes Wasser über die Teebeutel in den Tassen und sagte, er könne sich im Hinterzimmer saubere Hosen, Wäsche und eine Jacke aussuchen. Der Mann aus dem Park legte die Arme um seine Schultern: Diese Hose hat dreihundert Mark gekostet, das ist guter Stoff! Die gebe ich nicht aus der Hand, sagte er. Durch die Löcher an den Seitennähten sah Marthe die Haut seiner Oberschenkel. Sie drückte die Teebeutel mit den Fingern aus und trank, ihre Zungenspitze brannte und wurde dann taub. Bei dem Wetter, sagte Marthe, trocknet die Hose in einer Stunde. Sie schob ihm die andere Tasse hin. Wenn er gegessen habe, könne er seine Sachen schon wieder anziehen. Der Mann schüttelte den Kopf, und Marthe fragte: Kann ich gar nichts für Sie tun? Zum ersten Mal fiel ihr auf, dass sie beinahe einen Kopf größer war als er. Sie schwiegen. Getrennt von Gott, sagte er endlich, können wir nichts tun. Er reihte die Worte aneinander, als wäre er nicht sicher, ob er sich für die richtigen entschieden hatte.

Die Suppenküche füllte sich. Zwölf oder dreizehn Männer verteilten sich um Verena herum auf den Bänken, Verena schob das lila Kämmchen fester ins Haar, hob die mit einem Tigermuster bedruckte Handtasche aus Plastik auf ihren Schoß und schlug die Beine übereinander. Sie trug einen engen beigefarbenen Rock, durch dessen Stoff sich die Strumpfhalter abzeichneten. Der Mann aus dem Park nahm einen der Klappstühle aus der Küche und stellte ihn in der anderen Zimmerhälfte auf, neben dem offenen Fenster, Verena sagte: Gott sei Dank!, aber irgendjemand schrie: Zu fein, um mit Erich zu essen, das wird Erich keinem vergessen. Marthe suchte im Schrank nach Tassen, die noch nicht angeschlagen waren, sie schenkte Kaffee aus und wartete auf die Suppenbehälter. Mit halb geschlossenen Augen blickte sie an den grau verputzten Wänden der Küche entlang, die selbst im Sommer feucht blieben. Die Wasserflecken sahen aus wie Tiere.

Es gab zwei Suppenküchen in der Stadt, und in ihrem letzten Studienjahr hatte Marthe nicht nur in der Bremer Straße, sondern auch im Leib & Seele einen Praktikumsplatz bekommen. Dort waren die Wände zitronengelb und hellgrün gestrichen, an den Türen klebten Postkarten, auf denen Sprüche zu lesen waren wie: Dafür hat es aufgehört zu regnen. Die Toilettenspülung funktionierte, es roch nach Tabak und Yogi-Tee, und ab und zu ließ jemand einen Joint herumgehen. Im Leib & Seele trafen sich Zwanzigjährige mit blonden verfilzten Haaren und ausgetretenen Jesuslatschen an den Füßen, die manchmal nur eine Bleibe suchten für eine Nacht. Sie saßen um den großen Tisch und diskutierten darüber, ob feste Wohnsitze bürgerlich seien, sie wussten noch nicht, wie kalt und zugig im Herbst die Bushaltestellen wurden. Die Angestellten setzten sich dazu, manchmal hob einer die Hand und fing an zu singen. In einer Nacht kurz vor Ende des Praktikums faltete Marthe im Bett die Hände, zum ersten Mal, und sie dachte: Lieber Gott, mach, dass ich im Leib & Seele bleiben kann. Sie wollte Lehrstellen vermitteln und Babys am Bauch kitzeln und irgendwann vielleicht überraschend geküsst werden, um elf Uhr morgens, von einem Mann mit Bartstoppeln und grünen Augen. Aber am letzten Praktikumstag sagte Helga, die Chefin mit Armen wie Kuchenteig, man habe sich für eine andere Praktikantin entschieden, sie solle das nicht persönlich nehmen. Du merkst ja selbst, sagte Helga, dass du nicht hundertprozentig dazupasst. Und Marthe hatte nichts gemerkt und nickte trotzdem, immer wieder, noch in der Straßenbahn, noch abends im Bett, die Hände diesmal hinter dem Kopf verschränkt.

Die Suppe in den Thermosbehältern sah aus wie die vom Vortag, Glasnudeln, große Stücke Sellerie, Rindfleischfetzen, obenauf schwammen Fettaugen. Marthe hob die Deckel ab, legte sie auf den Herd und schnitt das Brot in Scheiben. An manchen Tagen sah sie außer dem Fahrer, der das Essen lieferte, keinen Mann, der nicht ihr Vater hätte sein können. Von den Männern auf den Bänken im Nebenraum, die mit den Löffeln rhythmisch gegen die Tischkante schlugen, war keiner unter fünfzig. Sie schöpfte mit einer Kelle die Suppe in Teller und trug sie hinüber, stellte Körbe mit dünn geschnittenem Brot auf die Tische, daneben Kannen mit Kaffee und Tee. Ein Mann, der seine Jeans in übergroße Gummistiefel gestopft hatte, schrie: Schnaps, ich will Schnaps!, aber Marthe antwortete nicht. Sie versuchte, auch Verena zu überhören, die sich mit brüchiger Stimme beschwerte, Erich habe ihre Brust angefasst, ob sie sich eigentlich alles gefallen lassen müsse. Der Mann aus dem Park sah zu, wie Marthe ihm einen Hocker heranzog und darauf einen Teller mit Suppe stellte. Nachdem sie ihm Brot hingelegt und Kaffee eingegossen hatte, drückte er sich von der Sitzfläche ab und stellte sich vor seinen Stuhl.

Er schloss die Augen und faltete die Hände. Verena klatschte Beifall, ein Mann mit nacktem, von schwarzen Punkten bedecktem Oberkörper schrie: Jesus liebt dich, Jesus lebt, Scheiße.

Es wurde still im Raum, als der Mann aus dem Park zu beten begann: Vater unser, der du bist im Himmel. Herr Jesus Christus, ich danke dir für diese Suppe, du hast gesagt: Ich bin das Brot des Lebens, wer zu mir kommt, wird nicht mehr hungern. Und vergib uns unsere Schuld, wie auch wir vergeben unseren Schuldigern. Herr Jesus Christus, ich danke dir, dass du mich beschützt hast. Ein Überfall hat stattgefunden, aber du hast deine Hand über mich gehalten, über mein Gut und meinen Leib, und nicht zugelassen, dass ich bestohlen werde. Herr Jesus Christus, ich danke dir, dass nicht ich es war, den dein Zorn getroffen hat. Denn dein ist das Reich und die Kraft und die Herrlichkeit, in Ewigkeit, Amen.

Marthe stand in der Küchentür, durch das Fenster hinter dem Mann aus dem Park fiel Sonne. Der Mann öffnete die Augen, er hob seine Hände und streckte sie über die Männer auf den Bänken, Verena und Marthe hinweg in die Luft. Scheiße, schrie der Mann mit dem nackten Oberkörper, der will uns segnen. Er stieß den Tisch zurück, dass die Suppe über die Tellerränder schwappte, und duckte sich unter die schwere Holzplatte. Verena kreischte hektisch und trat nach ihm, sie schrie: Hände weg von meinem Bein. Der Mann mit den Gummistiefeln fing an zu lachen, und dann musste auch Verena lachen, ihre mageren Wangen zitterten, sie zog den Rock über ihre Knie und hielt ihn fest. Die Männer klatschten sich mit den Händen auf die Oberschenkel und riefen: Ausziehen, ausziehen! Verenas Lachen klang wie das Kreidequietschen auf einer Tafel. Der Mann mit den Gummistiefeln sprang auf, er sagte: Schnaps, Schnaps, Schnaps! und legte kurz seinen Arm um Marthes Schultern, bevor er an ihr vorbei in die Küche ging. Draußen schob sich eine Wolke vor die Sonne, und der

Mann aus dem Park stand plötzlich im Schatten. Er ließ die Arme sinken, setzte sich und begann, seine Suppe zu löffeln. In der Luft lag ein Geruch nach Veilchen, aber vielleicht war es nur Verenas billiges Parfüm. Auch Verena beugte sich jetzt über ihre Suppe und aß, der Mann mit dem nackten Oberkörper kam unter dem Tisch hervor, und bis auf das Schürfen und Klappern der Löffel war nichts zu hören. Nur in der Küche schlugen die Schranktüren auf und zu.

Der Carlos Santana bin ich

Die neuen Nachbarn ziehen an einem Sonntag im September ein. Es ist ein Morgen ohne Licht, Vater sieht aus dem Fenster und köpft sein Ei, dass das Gelbe übers Tischtuch spritzt, und Mutter läuft, um aus der Küche Wasser und einen Lappen zu holen. Sie sind da, sagt er. Kannst du nicht aufpassen, sagt sie und reibt das Eigelb tiefer und tiefer in den Baumwollstoff.

Die andere Hälfte des Doppelhauses hat lange leer gestanden. Weil es keine Garage gibt, hat Vater mehr als einmal gesagt. Wegen der Hauptstraße, hat Mutter widersprochen und auf den Garten gedeutet. Die Abgase lassen die Blätter der jungen Salatköpfe grau werden. Unser Salat schmeckt nach Benzin und irgendeinem Metall, egal, wie oft Mutter Wasser über das Sieb laufen lässt. Die zweite Doppelhaushälfte blieb leer, obwohl der Vermieter in jeder Mittwochsausgabe der Lokalzeitung eine Anzeige schaltete. Im Winter kroch Kälte durch die Wände zur anderen Wohnung, bis unter die Decke auf meinem Bett im Dachzimmer, bis in die Polster von Mutters und Vaters Fernsehsofa.

Sind sie das?, fragt Mutter. Ist das eine Tischtennisplatte?, fragt Vater. Hoffentlich grillen sie nicht, sagt Mutter, ich hasse es, wenn der Geruch in den Vorhängen klebt. Sie steht neben Vater am Fenster und tickt mit den langen Nägeln gegen die Tontöpfe der Usambaraveilchen. Ich gehe die Treppe hinauf in mein Zimmer und schiebe die Jalousie auseinander.

Die Plastiklamellen sind mit Eisenbahnen und winkenden Schaffnern bedruckt. Neben dem Möbelauto stehen ein Mann und eine Frau, wahrscheinlich der neue Nachbar und die neue Nachbarin. Sie sehen jünger aus als Mutter und Vater, vielleicht, weil der Mann seinen Arm um die Schulter der Frau gelegt hat und mit der Hand über ihren Oberarm streicht. Die neue Nachbarin hat kinnlange rote Haare, glatt und gerade wie Tischtuchfransen. Die Möbelpacker heben zwei gelbbraun karierte Sessel von der Ladefläche, mit hellen Holzlehnen für die Arme, ich spreize die Lamellen auseinander, bis ich sicher bin, dass die Knicke im Plastik nicht mehr verschwinden werden. Ich weiß, dass zwei Stockwerke tiefer Mutter und Vater hinter den Stores stehen und auf die Straße schauen wie ich. Der neue Nachbar nimmt seinen Arm von der Schulter der neuen Nachbarin und legt ihn um ihre Taille, die unter dem weißen Pullover schmaler ist, als ich vermutet habe. Plötzlich muss ich dringend auf die Toilette. Als ich an der geöffneten Wohnzimmertür vorbeigehe, sagt Mutter zu Vater: Hoffentlich haben sie Kinder, hoffentlich einen Jungen in Daniels Alter.

Sie heißen Donella, sagt Vater, als Mutter und er vom Spaziergang zurückkommen. Er sagt: Der Name steht an der Gartentür.

Ich habe die rothaarige Frau beobachtet, als sie die unbeholfen getöpferte Tonplatte mit den erhabenen Buchstaben an einer Latte befestigte. Zu meinem vierzehnten Geburtstag Anfang März hat mir Vater sein Opernglas geschenkt, ein Erbstück von Großvater. Das Glas mit den dicken, in Messing gefassten Linsen liegt seitdem auf meiner Fensterbank, obwohl Mutter beim Lüften und Staubwischen Angst hat, es herunterzustoßen und zu zerschlagen. Ich finde es wichtig, das Opernglas immer griffbereit zu haben.

Warum bist du nicht mitgekommen, sagt Mutter, wir waren im Park, beim Ruderbootverleih, da bist du früher gern gewesen. Donella, fragt Vater, ist das ein italienischer Name? Mutter prüft mit einer Hand den Sitz ihrer Hochsteckfrisur und versucht, die Hüften zu schwingen. Ich weiß, sie denkt an die Toskana. Letzten Sommer war sie mit Vater eine Woche in Montepulciano, seitdem redet sie von italienischer Lebensart und kauft Parmesan und Mailänder Salami im Feinkostgeschäft an der Ecke. Wenn die Donellas aus Italien kommen, müssen wir mit ihnen die letzte Flasche vom Grottengelagerten trinken, sagt sie. Vater will den Grottengelagerten für ihren Hochzeitstag aufheben, aber er antwortet nicht, zieht seine Schuhe aus und stellt sie vor die Garderobe. Daniel, sagt Mutter, steh nicht herum wie Spucke. Ich glaube, sagt Vater, die neuen Nachbarn haben auch einen Sohn.

Am Freitag weiß Mutter schon, dass die neuen Nachbarn nicht aus Italien, sondern aus Wiesbaden zugezogen sind, und Vater hat den Sohn im Garten gesehen. Der ist nicht normal, sagt er beim Mittagessen zu Mutter. Mutter trägt Schweinebraten, Klöße und Soße zum Tisch.

Die neuen Nachbarn haben in ihrem Garten eine Hollywoodschaukel aufgestellt, den Rasen geschnitten und unter dem Verandadach einen Grillplatz eingerichtet. Ich habe es befürchtet, hat Mutter gesagt, als sie vom Schlafzimmerfenster aus die Vorräte an Holzkohle und Spiritus sah. Jetzt schneidet sie den Schweinebraten in fingerdicke Scheiben. Vater erzählt, seinen Kragen lockernd, der Sohn der neuen Nachbarn habe in einer Art Ausfallschritt vor der Rosenhecke gestanden und ständig das Gewicht von einem auf den anderen Fuß verlagert, als wollte er sich in den Schlaf wiegen. Nach einer Weile habe er ein weißes Stofftaschentuch aus der Tasche gezogen und damit vor seiner Brust herumgewedelt.

Mutter legt zwei Scheiben Braten auf Vaters Teller und nickt. Frau Richter vom Eckladen habe gesagt, der Sohn der Donellas, Anton, gehe auf eine Sonderschule. Er heißt nicht Anton, sage ich, er heißt Carlos. Vater sieht mich an, Mutter schüttelt den Kopf und kippt den Rest der Soße an meine Klöße. Der Teig wird hellbraun und matschig werden, ich schiebe ihre Hand zur Seite, und Mutter sagt: Frau Richter schwört, sein Name ist Anton. Ich schneide den Braten in kleine Stücke, von denen ich mehrere übereinander auf einen Zinken meiner Gabel spieße. Ich mag kein Schweinefleisch, zumindest mag ich nicht, wie Mutter es zubereitet, das Fleisch ist rosa und zäh und riecht nach Maggi.

Am Nachmittag, als ich vor unserem Haus vom Fahrrad gestiegen bin, habe ich den Sohn der neuen Nachbarn gesehen. Das Stofftaschentuch vor der Brust stand er im Vorgarten und blickte an mir vorbei, drehte den Kopf nicht einmal, als ich die Hupe drückte. Er ist dick, vielleicht zwei Jahre älter als ich, und seine Locken kleben in unregelmäßigen Wirbeln am Kopf. Er trug einen grauen Jogginganzug mit glänzenden blauen Streifen und schien mit dem Laternenpfahl vor dem Zaun zu sprechen. Zuerst verstand ich nicht, was er sagte, aber dann hörte ich: Ich bin der Carlos.

Schade, sagt Mutter einen Abend später, dass wir nichts mehr von dem Grottengelagerten aus der Toskana haben. Das war ein Roter, der hätte Ihnen geschmeckt, sagt Vater. Er nimmt der neuen Nachbarin den Mantel ab, sie hat tatsächlich einen Mantel angezogen für den Weg von ihrer Tür zu unserer, ich starre auf ihr Tischtuchfransenhaar, sie lächelt mich an. Und du bist Daniel, sagt sie. Daniel geht gleich in sein Zimmer, sagt Mutter, er schreibt am Montag Mathe und Chemie. Aber du hast doch noch den ganzen Sonntag zum Lernen, sagt der neue Nachbar, der vor dem Flurspiegel steht und an seinem Pullover herumzieht. Vielleicht ist es ihm unangenehm, dass Vater eine Krawatte trägt über dem üblichen weißen Hemd. Schön haben Sie es hier, sagt die neue Nachbarin. Sonntags lernt Daniel nicht, sagt Mutter zum neuen Nachbarn.

Mutter ist der neuen Nachbarin beim Frisör begegnet. Ich sehe, dass die roten Fransenhaare eine Daumenbreite kürzer sind. Mutters Frisur hat sich überhaupt nicht verändert, jedenfalls kann ich keinen Unterschied erkennen, vielleicht war Mutter nur zum Legen oder zu einer Kopfhautmassage in Melindas Haarstudio. Ich stelle mir vor, dass sie der neuen Nachbarin auf dem Rückweg ein Kompliment gemacht und sie im nächsten Atemzug auf ein Glas Wein eingeladen hat.

Ins Wohnzimmer bitte, sagt Vater, Sie kennen den Weg ja, bei uns ist links, was bei Ihnen rechts ist. Mutter gibt mir Schälchen mit Nüssen, Oliven und eingelegten Tomaten, die ich aus der Küche hinüber zum Couchtisch tragen soll. Die neue Nachbarin zieht ein Buch aus dem Regal, einen Bildband mit Österreichansichten, und Vater bietet an, Dias zu zeigen, sollte Österreich die neuen Nachbarn interessieren. Als ich in mein Zimmer gehe, höre ich, wie Mutter mit den Kristallgläsern klirrt und Vater die Schranktüren vor der Bar zur Seite gleiten lässt. Ich höre den Ausruf der neuen Nachbarin und eine Frage, die Mutter stellt: Wie, sagten Sie, heißt Ihr Sohn, Anton?

Sie erzählen es mir beim Frühstück, nachdem Mutter den Kaffee eingegossen hat. Nette Leute, die Donellas, sagt sie und lächelt. Vater wirft seinen Löffel auf die Untertasse, er hat sich verschluckt und hustet, bis Mutter ihm auf den Rücken klopft. Sie streichen Butter auf ihre Brötchenhälften, Marmelade und Leberwurst, Mutter stellt die Blumenvase zur Seite, damit sie Vater ins Gesicht sehen kann. Ich esse zwei Eier, drei Scheiben Toast mit Butter und Salz, ich trinke Orangensaft und esse einen Apfel, dann einen zweiten. Bist du nicht neugierig?, fragt Mutter. Der Sohn der Donellas, sagt Vater. Lass mich erzählen, ruft Mutter und schlägt mit der Hand gegen seinen Arm, aber Vater sagt: Er hält sich für Carlos Santana.

Ich denke, das ist eine Form von Autismus, sagt Mutter. Und niemand, sagt Vater, kennt die Ursachen. Anton Donella glaubt, Carlos Santana zu sein, geboren 1947 in Autlan, Mexiko. Vater zählt die Hits auf, er läuft zum Plattenregal, kniet sich vor das unterste Fach und bläst Staub von den Hüllen, er ruft: Oye Como Va, Evil Ways, Black Magic Woman, Europa, Jingo-Lo-Ba. Mutter hebt die Hände auf Kopfhöhe und bewegt die Finger, als schnippte sie einen Rhythmus, aber es ist nichts zu hören. Sie erzählt, Anton Donella schleiche nachts mit einer Schere durchs Haus, um Dokumente mit seinem Namen zu finden. Er habe alles zerschnitten, Pässe, Personalausweise, Geburtsurkunden. Wenn man ihn mit Anton Donella anspreche, werde er gewalttätig. Selbst die neuen Nachbarn hätten begonnen, ihn Carlos zu nennen. Mutter sagt, die neue Nachbarin habe sie noch gewarnt, Anton Donella spiele seine Musik oft laut.

Später, als Vater Samba Pa Ti auflegt und ich mit Magenschmerzen auf einer Sofakante sitze, sagt Mutter, das alles sei nur so herausgesprudelt aus der neuen Nachbarin, während es dem neuen Nachbarn eher unangenehm zu sein schien. Vater sagt: Herr Donella isst übrigens keine Oliven, Daniel, wie du. Mutter erinnert sich an einen Scherz der neuen Nachbarin: Auch Anton esse keine Oliven, vielleicht sei das ja gar nicht Teil der Behinderung, sondern nur etwas, das er von seinem Vater geerbt habe. Überhaupt esse er nur wenige Dinge, Süßes zum Beispiel, aber das dafür unmäßig. Mit dem Kochen hat Frau Donella es schwer, sagt Mutter und schüttelt den Kopf. Vater stellt den Plattenspieler aus, es ist so still, dass wir die Kirchenglocke vom anderen Flussufer hören. Plötzlich sagt er zu mir: Mach endlich den Mund auf, du kannst einem aber auch jeden Sonntag verderben. Lass ihn, sagt Mutter, das ist die Pubertät. Sie klingt, als wäre auch meine Pubertät eine Behinderung. Vater stellt das Radio an, eine Sprecherin verliest den Wetterbericht, es ist kühl für die Jahreszeit, und im Westen regnet es. Sicher auch in Wiesbaden. Ich freue mich immer, wenn es woanders regnet. Halte dich lieber fern von diesem Carlos, sagt Mutter, bevor sie unser benutztes Geschirr auf ein Tablett stapelt und mit dem Ellenbogen die Tür aufstößt.

Als es klingelt, liege ich auf dem Bett. Unsere Türklingel spielt den Anfang von Beethovens Für Elise. Am Kopfende hängt ein Kalender, aber ich weiß das Datum auch, ohne die Augen zu öffnen. Der erste Sonntag im Oktober. Mein Leben besteht aus Wochenenden, voneinander getrennt nur durch kurze Dienstage oder Donnerstage mit Informatikstunden, Mathematikunterricht und Geographie. Bis vor einem Jahr war ich Mitglied in einem Schachclub, aber dann, von einem Moment auf den anderen, fand ich den Anblick der Türme und Springer langweilig.

Es ist die neue Nachbarin, die geklingelt hat. Mutter muss die Töpfe auf dem Herd sich selbst überlassen und die Tür geöffnet haben, Vater steht um diese Zeit im Keller und stemmt Hanteln. Die Stimme der neuen Nachbarin dringt schrill und erregt bis in mein Zimmer, hin und wieder ein deutlicher Satz, Mutters Antworten kann ich nicht verstehen. Vor einer halben Stunde weggefahren, sagt die neue Nachbarin, und dass es ihr leid tue wegen des Fahrrads. Mutter ruft nach mir, ich bleibe liegen, aber sie ruft noch einmal. Als ich mich über das Treppengeländer beuge, hat sie den Kopf in den Nacken gelegt und sieht zu mir herauf. Hast du schon wieder dein Fahrrad nicht angeschlossen, ruft sie. Auch Vater, der jetzt aus der Kellertür tritt, die Hanteln noch in den Händen, versteht erst nach einer Weile, was passiert ist.

Anton Donella hat beim Frühstück angefangen zu weinen, weil ihm der neue Nachbar verboten hat, ein großes, rosa verziertes Lebkuchenherz zu essen. Das Herz hatte die Wiesbadener Großmutter mit der Post geschickt. Billiges Zeug, hat der neue Nachbar gesagt, und die neue Nachbarin hat Obstsalat mit Joghurt auf Anton Donellas Teller gelöffelt. Aber Anton Donella hat sich, bevor sie reagieren konnten, die Schnur des Lebkuchenherzens über den dicken Kopf geworfen. Er ist aus der Tür gerannt und hat sich durch die Büsche gezwängt, dann hat er mein Fahrrad entdeckt und ist seinen schreienden Eltern davongefahren. Beim Feinkostgeschäft ist er um die Ecke gebogen, unter heftigem Klingeln, das ist das Letzte, was die neuen Nachbarn von ihm gesehen haben. Jetzt liegt der neue Nachbar auf seinem Bett, mit Herzschmerzen und einem Schwindelgefühl. Ob das Schwindelgefühl etwas zu bedeuten habe, will die neue Nachbarin wissen.

Wir stehen im Wohnzimmer hinter den Stores, als das grünweiße Auto vorfährt. Zwei junge Polizisten klingeln an der Tür der neuen Nachbarn, einer von ihnen trägt einen Schnurrbart, der aussieht wie der von Vater. Es war Mutters Vorschlag, die Polizei zu rufen. Vater sagt plötzlich, das erinnere ihn an etwas, wovon er in der Zeitung gelesen habe. Er zieht die Hosenbeine ein wenig nach oben, kniet sich vor den Papierstapel neben dem künstlichen Kamin und studiert die Daten der Titelblätter. Ich weiß nicht, warum er die Hosenbeine nach oben gezogen hat, er trägt eine Jogginghose, die weit geschnitten ist. Mutter schreit: Der Blumenkohl! Sie läuft in die Küche und bindet dabei die Schürze um, die sie seit dem Klingeln der neuen Nachbarin in der Hand gehalten hat. Ich stelle mir vor, dass der Blumenkohl schwarz und rauchend auf dem verschmorten Topfboden liegt und wir olivenöltriefende Pizza bestellen müssen. Wir könnten auch eine Dose Mais aufwärmen zum Fisch. Ich esse gern Dosenmais, aber Mutter findet es wichtig, frisch zu kochen, und Vater mag es nicht, wenn ihm beim Essen die gelben Häute zwischen den Zähnen stecken bleiben. Den Fisch zu filetieren, dafür hat er Talent. Wenn ich die Gräten in meine Hand spucke, fragt er, warum ich so wenig von ihm geerbt habe.

Als ich in die Küche komme, stinkt es nicht mal, Mutter hebt den Topf mit dem Blumenkohl von der Herdplatte auf ein Brett und sticht mit einem Gemüsemesser in die Röschen. Vater ruft: Wann essen wir endlich! und stößt die Tür weiter auf, in der rechten Hand hält er die Zeitung, nach der er gesucht hat. Ich kann jetzt nicht, sagt Mutter, dieser Blumenkohl ist weich wie Schmalz. Vater wirft die Zeitung auf den

Küchentisch, er hat einen der Artikel mit einem gelben Textmarker umrandet. Vielleicht interessiert euch das, sagt er. Er spannt den rechten Arm an und zeigt Mutter und mir seine Muskeln. Mutter reibt Muskat über den zerkochten Blumenkohl, und Vater geht ins Schlafzimmer, um sich umzuziehen.

In dem Artikel steht, dass in einem Waldstück ein geistig behinderter Mann erschossen worden ist. Von Polizisten. Er habe ein Spielzeuggewehr aus Plastik bei sich gehabt. Ich lege die Zeitung zur Seite und sehe aus dem Fenster. Ich hoffe, dass Anton Donella gefunden wird.

Die neuen Nachbarn haben schon mehrmals gegrillt. Anton Donella saß dabei auf einem Holzstuhl mit breiter Lehne, und ich stand am Küchenfenster oder hinter dem Zaun, um ihn zu beobachten. Manchmal schaukelte er vor und zurück oder stocherte mit einem Stock in der glühenden Holzkohle. Unter seinem T-Shirt wölbte sich der Nacken, das sah aus wie ein Buckel. Wahrscheinlich hat der Junge Kraft wie ein Ochse, sagte Vater, als er neben mich trat, und Mutter hob erschrocken die Hand zum Mund. Anton Donella aß kein gegrilltes Gemüse und kaum Brot, aber viel Fleisch und besonders gern Bratwürste, die er auf dem Rost liegen ließ, bis die Haut schwarze Streifen zeigte. Mein Opernglas holte die Szene so nah heran, dass ich die Streifen hätte zählen können. Anton Donella lächelte oder lachte auch dann nicht, wenn der neue Nachbar ihn mit dem Finger in die Rippen stach. Fragen beantwortete er mit einem Nicken oder Kopfschütteln.

Ich habe mich nicht daran gewöhnen können, dass auch der neue Nachbar und die neue Nachbarin Anton Donella Carlos nennen. Manchmal wollte ich über den Zaun hinweg oder aus dem offenen Fenster hinaus seinen richtigen Namen rufen, aber ich wusste nicht, was dann geschehen würde. Vielleicht hätte Anton Donella die Hand seiner Mutter genommen und auf den Grill gepresst. Vielleicht wäre gar nichts passiert.

Um das Fahrrad tut es mir nicht Leid. Es ist hellblau und

schon seit einem Jahr zu klein für mich. Ein Kinderfahrrad mit einer riesigen Hupe und Reflektoren zwischen den Speichen. Anton Donella ist größer und schwerer als ich, mit meinem Fahrrad wird er nicht weit kommen. Ich wünsche mir, dass er es in den Fluss wirft, bevor sie ihn finden. Vielleicht kauft Vater mir dann ein neues.

Vater sitzt am Tisch und fragt, ob wir den Artikel gelesen haben. Was soll ich dazu sagen, antwortet Mutter. Sie setzt die Schüssel ab und will wissen, wer von uns Blumenkohl möchte. Die Polizisten trifft keine Schuld, sagt Vater. Blumenkohl!, sagt Mutter noch einmal und gibt auf jeden Teller eine Anzahl Röschen, darüber einen Schlag braune Butter. Der Blumenkohl schmeckt bitter, meine Zunge wird taub beim Kauen, das kenne ich sonst nur von frischem Spinat. Ich sehe auf meinen Teller und hoffe, dass mir schlecht wird. Ich denke an das Schwindelgefühl des neuen Nachbarn. Er hat Anton Donella aus dem Haus getrieben und ihm dann noch die Polizei nachgeschickt. Aber mir wird nicht schlecht, stattdessen bekomme ich Hunger und esse weiter.

Die Polizisten trifft keine Schuld, sagt Vater noch einmal, der hätte gar nicht allein im Wald sein dürfen. Mutter fragt: Was machen wir wegen Daniels Fahrrad? Mein Mund ist voll Blumenkohl und trotzdem trocken, ich greife nach meinem Glas, um einen Schluck Wasser zu trinken, ich huste. Es war sowieso zu klein, sage ich. Vater starrt mich an und kneift die Augen zusammen, dann sagt er langsam und mit Betonung auf jeder Silbe zu Mutter: Er redet mit uns. Ich nehme meinen Teller und trage ihn in die Küche, wo ich Messer und Gabel in das Besteckfach der Spülmaschine sortiere. Im Wohnzimmer sagt Mutter gedämpft: Lass ihn, er hat ja Recht. Aber die dämliche Jalousie, die will er behalten, sagt Vater. Ich denke an die Eisenbahnen und Schaffner auf den Lamellen und an die zerkratzten Matchboxautos im untersten Schrankfach. Ich denke an Hausaufgaben, Großvaters Opernglas, Anton Donellas offen stehenden Mund und an Karolina aus meiner Klasse, die enge T-Shirts trägt und ein Mountainbike fährt. Ich höre, dass Vater sich in seinem Stuhl zurücklehnt, und weiß, er verschränkt die Hände hinter dem Kopf. Die Zeitung mit dem markierten Artikel liegt noch auf dem Küchentisch, ich nehme sie mit hinauf in mein Zimmer.

Mutter ahnt nicht, dass ich ein paarmal mit Anton Donella gesprochen habe, über den niedrigen Gartenzaun hinweg. Eigentlich haben wir nicht miteinander gesprochen, ich habe nichts gesagt. Zwischen den Vorgärten gibt es keinen Zaun, nur Büsche, im Vorgarten hätte ich Anton Donella anfassen können. Aber dort ist er selten, meist steht er neben der Verandatreppe und wiegt sich von einem Bein auf das andere, wie bei der ersten Begegnung mit Vater. Ich habe versucht, seine Augenfarbe zu erkennen, aber er sieht mich nie an. Trotzdem glaube ich, dass er weiß, wann ich im Blumenbeet stehe. Ich bin der Carlos, sagt er dann laut und mit Nachdruck, der Carlos Santana bin ich. Er schwingt sein weißes Taschentuch, bevor er hinzufügt: Der echte, der aus Mexiko!

Nur einmal habe ich ihm eine Frage gestellt: Weißt du, wer Anton Donella ist? Die Bewegung des Taschentuchs blieb regelmäßig und ruhig, er sagte: Der Anton Donella ist mein bester Freund. Dann klappte er den Oberkörper nach vorn, rieb mit der Hand über seinen Bauch und stöhnte: Carlos' bestem Freund geht es gar nicht gut. Ich stellte mir vor, dass er Zucker gegessen hatte, ein ganzes Kilo direkt aus der Tüte, mit einem großen Löffel.

Als es dämmert, gehe ich in den Garten. Ich habe nichts zu tun. Vielleicht würde ich gern durch die Straßen fahren und ab und zu auf die Hupe drücken, aber weder mein Fahrrad noch Anton Donella sind bisher gefunden worden. Ich ziehe die Schuhe aus und laufe durchs Grünkohlbeet. Wenn sich meine Zehen in die feuchte Erde graben, entstehen schmatzende Geräusche. Vielleicht stehen Mutter und Vater am

Schlafzimmerfenster und sehen auf mich herunter. Dann wird Mutter Vater fragen, woran es liegt, dass ich keine Freunde habe. Ich trete einen Strunk Grünkohl um, ohne den Blick zu heben, aber das Fenster bleibt geschlossen. Ich überlege, was geschieht, wenn ich so, mit diesen Füßen, zu Mutter und Vater hinaufgehe und ihnen sage, dass Anton Donella mein bester Freund ist. Ich könnte sagen: Ich gehe ihn suchen. Ich könnte den Stadtplan mitnehmen oder Vaters Kompass. Ohne Anton Donella, könnte ich sagen, komme ich nicht zurück.

Natürlich wird heute nicht gegrillt bei den neuen Nachbarn. Erst nach einer Weile sehe ich, dass die neue Nachbarin auf der Veranda sitzt, auf einem der weißen Plastikstühle. Sie hat die Beine an die Brust gezogen und den Kopf auf die Knie gelegt, ihre Hände umschließen die Füße. Sie trägt Espadrilles. Auch Karolina aus meiner Klasse trug den ganzen Sommer über solche schmalen Leinenschuhe mit Grassohle. Jetzt ist es eigentlich zu kalt für Espadrilles. Zu kalt, um barfuß zu gehen, ist es sowieso.

Bist du das, Daniel?, fragt die neue Nachbarin. Wenn sie geweint hat, merkt man es ihrer Stimme nicht an. Ich bin unsicher, ob ich antworten soll, der neue Nachbar ist nirgends zu sehen. Das hat er noch nie getan, sagt die neue Nachbarin, einfach wegzulaufen. Sie streicht sich eine Strähne aus dem Gesicht und sagt, das Schlimmste sei die Hilflosigkeit, dass man nichts tun könne. Ja, sage ich, und als sie nicht reagiert, rufe ich laut in ihre Richtung: Das verstehe ich, Frau Donella! Sie bewegt die Schultern. Ich suche nach meinen Schuhen und gehe schnell ins Haus.

Bestimmt will Mutter nicht, dass Anton Donella erschossen oder nie gefunden wird. Aber sie sagt, dass es schön war, mal einen ruhigen Sonntag zu haben. Die Wände zwischen den beiden Haushälften sind schlecht isoliert. Wenn Anton Donella eine CD abspielt, können wir mithören, im Wohnzimmer, in der Küche, sogar im Bad und im begehbaren Schrank auf dem Treppenabsatz. Manchmal steht Mutter in einem der Zimmer und seufzt. Selbst wenn Anton Donella autistisch oder sonst wie behindert sei, schwerhörig sei er ja wohl nicht. Doch dann wird sie rot und sieht sich erschrocken um, und ich tue, als hätte ich sie nicht gehört.

Es kommt aber auch vor, dass sie sich freut, wenn Anton Donella Black Magic Woman oder Oye Como Va auflegt. Dann macht sie ein paar Tanzschritte und singt mit, im Takt der Bässe von drüben. Vater weiß nichts davon, weil sie es nie tut, wenn er da ist. Sie kennt alle Santana-Hits, und ich glaube, sie hat eine gute Stimme. Wenn sie singt, gehe ich nach oben und höre zu. Ich liege auf meinem Bett, streiche mir mit den Fingerkuppen über die Armbeugen und den Bauch. Ich denke an Mutter, und danach denke ich an Karolina aus meiner Klasse.

Beim Abendbrot sagt Vater, er finde es seltsam, dass Anton Donella, obwohl er sich für Carlos Santana hält, nie Luftgitarre spielt. Sicher, sagt er, sähe das zum Schreien aus. Mutter lässt ihr Messer sinken und starrt Vater an, dann dreht sie sich zur Seite und schaltet den Fernseher ein. Natürlich ist Anton Donella nicht in den Nachrichten, dafür ist er nicht wichtig genug. Der Wetterbericht sagt, dass es morgen nicht regnen wird. Den Sonntagskrimi darf ich mit ansehen, ohne fragen zu müssen, der Ton ist zu leise, aber weder Mutter noch Vater stellen ihn lauter. Die schmutzigen Teller bleiben stehen, Vater schmiert die letzte Scheibe Brot, dabei fällt ein Stückchen Butter auf den Teppich, und ich bin der Einzige, der es bemerkt. Wo ist die Zeitung, sagt Vater zwischen zwei Sätzen des Kommissars, die mit dem Artikel.

Kurz vor Ende des Films hält ein Auto vor unserem Haus, Mutter hört es, am Sonntagabend ist wenig Verkehr. Vater dreht den Ton des Fernsehers ab, und wir gehen zum Fenster. Wieder steigen zwei Polizisten aus, aber es sind andere als am Mittag, Anton Donella geht zwischen den Männern, ohne dass sie ihn anfassen müssen. Auf halbem Weg zwischen Tor und Eingangstür bleibt er stehen und wiegt sich vor und zurück, wie immer. Die neue Nachbarin, die mit dem neuen Nachbarn nach draußen gekommen ist, sieht ihn an. Dann geht sie wortlos um ihn herum und schüttelt den Beamten die Hand. Man kann froh sein, dass sie ihn nicht erschossen haben, sagt Mutter. Vater sagt: Die Polizisten trifft keine Schuld. Er legt seine Hand auf Mutters Schulter und nimmt sie erst wieder herunter, als sie ihm nicht widerspricht. Der neue Nachbar hilft den Polizisten, mein Fahrrad aus dem Kofferraum zu heben, die Reflektoren blinken im Licht der Straßenlaterne.

Die neue Nachbarin lacht, als sie kurz darauf klingelt und Mutter und Vater erzählt, wie Anton Donella gefunden wurde. Ich gehe zum Treppenabsatz im ersten Stock und beuge mich über das Geländer. Die Wangen der neuen Nachbarin sind rot, ihre Fransenhaare fliegen von einer Seite zur anderen, während sie redet.

Anton Donella ist auf meinem Fahrrad flussabwärts gefahren, bis er in einem Dorf gehalten hat. Dort fand gerade ein Bauernmarkt statt, auf dem Eier, Äpfel, Tonkrüge und frisch gebackenes Brot verkauft wurden. Als Anton Donella gegen sieben im Dorf ankam, waren die meisten Verkäufer dabei, ihre Stände abzubauen.

Als ihn dann endlich jemand bemerkt hat, sagt die neue Nachbarin, haben sie ihn nach seinem Namen gefragt, aber er hat nicht geantwortet. Jemand habe die Polizei gerufen, und erst den Beamten habe Anton Donella erklärt, er sei Carlos Santana, der echte, der aus Mexiko. Die Polizisten, sagt die neue Nachbarin, haben sich totgelacht. Einer habe sich auf die Schenkel geklopft, sie habe gar nicht gewusst, dass man das wirklich macht, sich auf die Schenkel klopfen, wenn etwas lustig ist.

Dann ist ja alles gut ausgegangen, sagt Mutter. Das hätte ja auch ganz anders ausgehen können, sagt Vater. Vielen Dank für Ihre Hilfe, sagt die neue Nachbarin.

Ich gehe in die Küche und drehe den Schlüssel herum, der in der Tür zur Speisekammer steckt. Das zusammenklappbare Weinregal aus Holzstäben hat die Form einer Pyramide, und die letzte Flasche vom Grottengelagerten bildet die Spitze. Vorsichtig ziehe ich die mit Seidenpapier umhüllte Flasche heraus. Das Fahrrad, höre ich die neue Nachbarin sagen, soll ich es vor Ihre Haustür stellen? Mutter und Vater schweigen. Endlich sagt Vater: Wir wollen Daniel schon lange ein neues kaufen, vielleicht möchten Sie dieses für Anton behalten? Die neue Nachbarin lacht. Sie vergessen, sagt sie, Anton ist größer und älter als Daniel. Vater entschuldigt sich, und Mutter sagt, dass man sich bald mal wieder auf ein Glas Wein verabreden müsse. Bestimmt ist sie rot geworden.

Die Lampe im Flur hat einen Wackelkontakt, immer wieder geht kurz das Licht aus. Ich tappe blind weiter, das Licht geht wieder an, und die neue Nachbarin blickt auf und sagt: Hallo Daniel. Mutter dreht sich um und sieht die Flasche in meinem Arm. Ihr Gesicht wird noch röter, die Wangen erinnern mich an die kleinen Tomaten aus unserem Garten. Ich sage: Warum trinken wir das Glas Wein nicht heute Abend, schließlich gibt es was zu feiern. Dass Anton wieder da ist?, fragt die neue Nachbarin. Vater nimmt mir den Wein ab, ohne mich zu berühren. Und ein neues Fahrrad, sage ich.

Die Glühbirne flackert, dreimal, viermal, dann hebt Mutter den Kopf und nickt. Aber wir müssen zu Ihnen gehen, sagt sie zur neuen Nachbarin, damit Ihr Mann nicht zu kurz kommt. Sie schaut mich an, und plötzlich habe ich das Gefühl, dass sie sich wirklich freut auf einen Abend mit Anton Donella und mir und der Flasche Wein. Sie streicht sich mit der Hand über die Haare und bewegt ihre Hüfte gegen die von Vater, und Vater stülpt die Lippen vor und hebt die Schultern. Die neue Nachbarin kichert, Vater hält Mutter und ihr die Tür auf und wartet, bis ich meine Schuhe angezogen habe.

Kennen Sie die Toskana?, fragt Mutter, als sie sich durch die Büsche schiebt, und fasst meine Schulter an. Vater streckt den Grottengelagerten gegen den Nachthimmel wie einen eben gewonnenen Fußballpokal. Die Flasche hatte ich ganz vergessen, ruft er. Mutter lacht. Passen Sie mit dem Wein auf, schreit die neue Nachbarin. Machen Sie sich keine Sorgen, sage ich, mein Vater spielt Luftgitarre.

Fünf Tage

Die Obstbäume zu beiden Seiten der Autobahn wirken zweidimensional, ihre Äste richten sich an den Randstreifen aus, kein Zweig ragt in das flache Land hinein. Jorinde und Konz haben Arnheim hinter sich gelassen, sie fahren hundertfünfzig, Konz hält das Lenkrad mit der Linken umfasst und beißt in ein Brot mit Wurst und Salat. Nicht so schnell, sagt Jorinde. Es ist die letzte Möglichkeit, sagt Konz.

Jorinde heißt Jorinde, weil ihre Mutter eine Schwäche für altdeutsche Märchen hat. Beim zweiten Zwilling legte der Vater nach Betrachtung der Ultraschallbilder sein Veto ein. Der Bruder sollte die Kanzlei erben und deshalb kein Joringel, sondern ein Klaus werden. Klaus darf Klaus heißen, denkt Jorinde, kein Wunder, dass ihm alles gelingt. Klaus fährt nicht um sieben Uhr abends in einem Ford mit Rostflecken durch die niederländische Provinz, verbissen die Kilometerangaben bis Amsterdam studierend und ohne Hoffnung auf ein Zimmer. Es ist Samstag, Nebensaison hin oder her, der Reiseführer warnt: Drogentourismus. Draußen wird es dunkel, der rötliche Himmel erinnert Jorinde an einen Film über Afrika. Als Schattenriss sehen die Obstbäume fast wie Affenbrotbäume aus.

Sie wendet den Kopf und studiert die Linien von Konz' Gesicht, er bemerkt es und fährt noch schneller. Das harte Kinn und die blasse Haut, die übliche schlechte Rasur, Stoppeln auf den Wangen und in der Oberlippenrinne, sie senkt den Blick.

Konz nimmt wieder die rechte Hand vom Steuer, legt sie in seinen Schoß. Pass auf, sagt Jorinde. Wir brauchen nur Urlaub, sagt er.

Seit vierundzwanzig Stunden sagt er diesen Satz. Noch im Traum hat er die Silben gemurmelt, Jorinde lag schlaflos auf seinem Sofa und hörte zu. Sie hatte Durst, blieb aber liegen, weil es zwischen der Küche und dem einzigen Zimmer keine Tür gibt und Konz wach wird, wenn sie die Leuchtröhre über der Spüle anschaltet. Sie wünschte sich in ihre eigene Wohnung, in ihr Bett, eine Doppelmatratze auf dem Zwischenboden im Flur. Sie wollte sich anziehen, ein Taxi rufen, aber Konz wäre auch davon aufgewacht, er hätte zu streiten begonnen, und dazu war sie zu müde.

Schon als er sie bat, bei ihm zu übernachten, war sie zu müde gewesen um abzulehnen. Das war beim Abendessen, aber sie aßen beide so gut wie nichts. Die Reise war seine Idee, er trank lauwarmes Bier und blickte auf Jorindes Finger, die mit den Maschen der Häkeljacke spielten, blickte auf ihren Mund, der versuchte, irgendetwas zu erklären. Sie presste die Lippen aufeinander. Vor ihnen standen Brot und Quark, auf einem Teller gelbe schwitzende Käsescheiben. Fünf Tage Amsterdam, sagte Konz, danach können wir auseinander gehen oder zusammenbleiben. Gib uns diese fünf Tage! Sie wollte lachen, sie fand, dass sie am Küchentisch saßen wie Schauspieler in einer Vorabendserie. Aber sie hatte Kopfschmerzen, hob die Schultern. Du wolltest doch immer nach Amsterdam, sagte Konz.

Es ist neun, als sie endlich das Zentrum erreichen, sie finden nirgendwo einen Parkplatz. Die Straßenführung hat kein System, Jorinde denkt an ihr Häkelzeug, das seit Wochen verfitzt im Korb liegt. Konz hält vor jedem Hotel, hinter dem Ford staut sich der Verkehr, die Fahrer hupen, während Jorinde die Treppen hochstürzt, um an der Rezeption nach einem Zimmer zu fragen. Die Antwort bleibt gleich: Fully booked. Sie erkundigen sich in Hotels, die sie eigentlich nicht bezahlen können, dann versuchen sie es in den Außenbezirken. Jorinde starrt durch die Windschutzscheibe, Konz flucht und schlägt mit der flachen Hand gegen das Lenkrad. Wenn du aggressiv wirst, sagt Jorinde, steige ich aus.

Als sie das Stadtgebiet schon verlassen haben, kurz vor der Autobahnauffahrt, halten sie auf einem Parkplatz. Dann schlafen wir eben im Auto, sagt Jorinde. In ihren Zehen sticht es, und sie bewegt sie, um das taube Gefühl loszuwerden. Zu kalt, sagt Konz, vielleicht friert es noch mal. Jorinde blickt aus dem Seitenfenster, dunkles Land ohne irgendeine Erhebung, morgen wird man Windräder sehen am Horizont, Windräder oder Kühe. Warum sind sie hier? Windräder ändern auch nichts.

Konz, sagt sie, fang bloß nicht an zu heulen. Sie sollte zu Hause anrufen, Klaus hat sicher Freunde in Amsterdam, Klaus hat überall Freunde, Juristen mit Interesse für mittelalterliche Kunst, die fließend fünf Sprachen sprechen. Sie presst die Handflächen gegeneinander, bis sie zittern, dabei hebt sie die Hände vor die Brust, das soll das Gewebe stärken und außerdem beruhigen. Autobahnmotel, sagt sie. Konz startet.

Sie übernachten in Utrecht. Das Hotel gehört zu einer Kette, ein farbloser Neungeschosser, der Blick aus dem Fenster zeigt eine Tankstelle und die Stadt, die wie ausgeschaltet vor ihnen liegt. Es hat nur ein Autobahnmotel gegeben zwischen Amsterdam und Utrecht, sie haben die Ausfahrt verpasst und sind schweigend weiter und weiter gefahren. Konz ist der Kopf auf die Brust gesunken, Jorinde hat ihm den Arm in die Seite gestoßen, die erste Berührung an diesem Tag.

Heute gilt nicht, sagt Konz. Sie liegen im Bett, mit den Rücken zueinander, die Laken so steif, dass jede Bewegung zu hören ist. Die fünf Tage, sagt er, beginnen erst morgen. Jorinde schluckt, sie hat Halsschmerzen von der trockenen Luft im Auto, und der Motor summt noch in ihren Ohren.

Am Tag drauf finden sie in der Vossiusstraat 9, mitten im Museumsviertel, ein kleines Hotel mit Etagenbädern und Marmorkaminen. Die schmale Wendeltreppe schraubt sich bis in den fünften Stock hinauf, sie nehmen das Zimmer sofort. Konz trägt die Rucksäcke, Jorinde sucht die Toilette. An der Innenseite der Klotür ist ein Aschenbecher verschraubt, klein und rund, aus Metall, die Zigarettenablage wie eine Rutsche geformt. Freust du dich?, sagt Konz, als Jorinde zurückkommt, und sie antwortet: Frag doch nicht immer.

Sie lassen sich treiben. Sie laufen die Grachten entlang, Prinsengracht, Keizersgracht, Herengracht, die Häuser nur zwei bis drei Fenster breit, Konz liest im Reiseführer: Schnabel- und Treppengiebel, Halsgiebel, Glockengiebel. Wenn Jorinde nach oben schaut, wird ihr schwindlig, die Fassaden sind leicht vornübergeneigt. Sie genießt es, dass sie beinahe nicht sprechen. Die Stadt nimmt ihnen das Reden ab.

Stunden später kehren sie ein und bestellen pannekoeken, jeder zwei Stück. Konz sagt: Ich bin hungrig wie sieben Pinguine!, Jorinde lacht nicht, nimmt doppelt Puderzucker. Sie sieht, dass Konz mit den Händen isst, sieht den Ahornsirup auf seinen Fingern, die Haare auf den Handrücken, Schmutz unter den Nägeln. Ihr fällt ein, wie seine Hände auf ihrem Körper aussehen. Sie blickt ihm ins Gesicht, er sitzt ihr gegenüber und kaut. Konz?, fragt sie. Er schaut hoch, und sie schüttelt den Kopf.

Sie spielen wieder das Spiel aus ihren ersten Wochen. Als sie sich kennen lernten, liefen sie Hand in Hand durch die Straßen, bemerkten jeden Hinweis auf entlaufene Katzen und jeden neu gepflanzten Baum. Jetzt beginnen sie von neuem, davon zu erzählen, was sie sehen. Stillschweigend haben sie sich darauf geeinigt, über nichts zu sprechen, was außerhalb von Amsterdam und weiter zurück liegt als die Nacht in Utrecht.

Als sie über den Leidseplein laufen, sagt Konz: Ein Mann mit einem Gipsfuß, um den er eine grüne Plastiktüte gebunden hat. Da drüben, sagt Jorinde. Auf einem Fahrrad eine Frau, die nur ein schwarzes T-Shirt und eine rosa Strumpfhose trägt, keine Schuhe. Die Frau fährt um den Platz herum, am Kasino vorbei, Konz zeigt auf sie, und Jorinde streckt die Hand aus und zieht seinen Finger herunter. Man zeigt nicht mit nackten Fingern auf angezogene Leute, sagt sie. Die Sohlen der rosa Strumpfhose sind sauber, sie stellt sich vor, wie die Frau durch Amsterdam fährt, stundenlang, ohne einmal vom Rad zu steigen.

Sie gehen über die Brücke, am Geländer lehnen zahllose Fahrräder. Fast alle sind unbenutzbar, verbogene Felgen, platte Reifen, bei einigen fehlt der Sattel. Trotzdem sind die Rahmen fest an die Geländerstäbe gekettet, mit teuren Schlössern, manchmal mehrfach. Die Angst, etwas Wertloses zu verlieren, das möchte sie Konz erzählen, will aber nicht, dass er weiß, was sie denkt.

Am dritten Tag wird ihnen das Auto aufgebrochen, Konz bemerkt es, als sie nach dem Frühstück am Parkplatz vorbeilaufen. Die Fahrertür ist nur angelehnt und lässt sich nicht schließen. Nichts fehlt, die Kassetten sind noch im Handschuhfach, nur Konz' lederner Backgammonkoffer liegt offen auf dem Beifahrersitz. Warum knackt jemand dieses Auto, sagt Konz, was kann da schon drin sein? Jorinde starrt durch die Seitenscheibe. Deine Skijacke lag auf dem Rücksitz, sagt sie, es hätte eine Kamera drunterliegen können. Im Backgammonkoffer haben sie Geld vermutet! Jetzt bin ich wieder schuld, sagt Konz. Etwa nicht?, sagt Jorinde. Was jetzt?, fragt Konz, der Schlüssel passt nicht mehr. Gemeinsam stemmen sie die Schultern gegen das Metall und schaffen es, die Tür ins Schloss zu drücken. Konz kriecht über den Beifahrersitz hinters Steuer und verriegelt sie von innen.

Auf der Dienst habenden Polizeistation bietet man ihnen Kaffee an. Sie sitzen auf Kunstlederbänken und warten darauf, aufgerufen zu werden. Mach mir keine Vorwürfe, sagt Konz, den Stress mit der Versicherung habe ich. Der Plastikbecher ist heiß, Jorinde bläst über den Kaffee und flüstert: Ich habe nichts gesagt.

Vor ihnen, an einer Art Theke, steht ein alter Mann, der die Schultern hängen lässt, als wären sie ihm zu schwer. Er trägt ein fadenscheiniges rosa Hemd und scheint auf jemanden zu warten, eine Polizistin kommt vorbei und drückt ihm ein Glas Wasser in die fleckigen Hände, streicht kurz über seinen Rücken. Nach einer Weile klingelt es am Eingang, und eine blonde Frau kommt ins Zimmer. Sie blickt an dem Mann vorbei. Vielleicht ist sie seine Tochter, die Polizistin kommt zurück und übergibt ihr eine Jacke und eine abgeschabte Einkaufstasche aus Stoff. Die beiden Frauen unterhalten sich laut und abgehackt, sie lachen, kennen sich offenbar. Der Mann steht daneben, als verstünde er nicht, was sie sagen. Endlich nimmt ihn die blonde Frau am Arm und führt ihn nach draußen. Erst jetzt, als er sich umdreht, sieht Jorinde, dass der Mann weint.

Der Kaffee ist abgekühlt. Ich will nie alt werden, sagt Jorinde zu Konz. Aber Konz sagt: Ich will mit dir zusammen alt werden, wir könnten Kinder haben und uns aus dem Tierheim drei Hunde holen. Sie werden aufgerufen. Der Beamte spricht kein Deutsch und Konz plötzlich kein Englisch mehr. Jorinde hilft beim Ausfüllen des Protokolls, sie bittet um eine Bestätigung für die Versicherung. Konz soll das Autokennzeichen nennen und stockt nach den Buchstaben, der Beamte lacht. Six seven eight three, sagt Jorinde, und Konz sieht niemanden an.

Was war denn?, fragt Jorinde, als sie den Weg zurück zum Hotel suchen. Er schüttelt den Kopf. Du behandelst mich, als ob ich es getan hätte, sagt er leise. Sie bleibt stehen: Wenn das so ist, gehe ich lieber allein, wir sehen uns heute Abend. Konz schüttelt wieder den Kopf, dann läuft er langsam weiter. Jorinde biegt nach links ab in Richtung Zentrum. Sie fragt sich, ob Konz jetzt Tränen in den Augen hat wie der alte Mann, aber sie denkt, dass sie es eigentlich nicht wissen will. Es ist kalt geworden, der Wind schmeckt nach Salz und Benzin, sie steckt die Fäuste in die Taschen des Dufflecoats, als wollte sie etwas wiederfinden, einen Knopf oder eine Münze zum Telefonieren.

Das Frühstück versöhnt sie miteinander und mit der Stadt. Es wird aufs Zimmer gebracht, Tee, runde Zwiebäcke mit Marmelade und Toast mit Schinken, für jeden ein Ei. Sie frühstücken im Bett, weil es dort wärmer ist, Jorinde sieht aus dem Fenster, über die Dächer hinweg erkennt sie die verspielten Türme des Rijksmuseums. Neorenaissance, sagt sie und beißt in ein Brötchen. Konz blättert im Reiseführer, während er isst. Wir könnten uns den Vondelpark anschauen, schlägt er vor, eine Grachtenrundfahrt machen. Ich will duschen, sagt Jorinde und steht auf, danach gehe ich mit dir, wohin du willst. Versprich nichts, sagt er, was du nicht halten kannst.

Am Abend will sie ins Rotlichtviertel. Sie gehen vom Nieuwmarkt den Zeedijk entlang und über die Brücke. Tu dir das nicht an, sagt Konz. Du musst nicht mitkommen, sagt Jorinde, hast du Angst, dass mich jemand kaufen will? Er presst die Lippen aufeinander, während sie die Arme vor der Brust verschränkt. Aus den Coffeeshops riecht es süß und bitter zugleich. In einem Schaufenster steht ein roter Vibrator, geformt wie eine menschliche Figur, zu deren Füßen ein kleiner Affe mit herausgestreckter Zunge hockt. Wozu braucht man den Affen?, fragt Jorinde. So ein Affe, sagt sie, mit Batterien hält der ganz schön lange durch. Konz schweigt, sie weiß nicht, ob er wütend ist. Sie sagt: Wenn ich einen Vibrator sehe, der mir gefällt, schenkst du ihn mir zum Geburtstag? Sie möchte, dass er sie anschreit, hier auf der Straße, dass er die Finger in ihre Schultern bohrt und sie schüttelt, damit sie einen Grund hat, zurück ins Hotel zu gehen und ihre Sachen zu packen. Konz bleibt vor einem Ständer mit Postkarten stehen und sieht sich die abgebildeten Stellungen an, dann zeigt er auf eine der Fotografien und fragt: Ist es das, was du willst? Sei still, sagt sie. Wir können auch früher fahren, sagt Konz. Fünf Tage, flüstert Jorinde, du hast es versprochen.

Sie werden gegen die Scheiben gedrängt, das Licht ist tatsächlich rot, an den Hauswänden Schilder: no pictures. Die Frauen hinter den Schaufenstern unterhalten sich und trinken Kaffee, die Sonne ist noch nicht untergegangen. Die Männer schauen kaum nach links und rechts, gehen die Gassen ab, die Touristen halten ihre Rucksäcke fest. Die Frauen sehen sich sehr ähnlich, sind nicht auseinander zu halten, Jorinde denkt, dass sie hier keine Entscheidung treffen könnte. Sie bleibt stehen, als sie in einen leeren Raum blickt, durch eine rosa Neonröhre erhellt. An der Wand hängen Lederpeitschen und Masken aus Gummi, auf dem Bett darunter sitzt neben dem bestickten Kissen ein weißer Plüschelefant. Lass uns umkehren, sagt sie. Es wird dunkel, hin und wieder sieht eine der Frauen auf die Uhr, dann stellt sie sich an die Scheibe und bewegt das Becken. Ein paar Vorhänge werden zugezogen. Kundschaft, sagt Konz. Halt den Mund, sagt Jorinde. Er nimmt ihre Hand, und sie lässt sie ihm.

Sie haben die Hauptstraße fast erreicht, als sie an einem letzten beleuchteten Fenster vorbeikommen. Eine Frau im Minirock sieht durch die Scheibe und trifft auf Jorindes Blick. Der übliche schmale Raum mit einem satinbezogenen roten Bett, aber die Frau sieht anders aus als die Frauen, die Jorinde hier bisher gesehen hat. Sie hat Grübchen in den Wangen und kurze dunkle Haare, zusammengewachsene Brauen, breite Schultern. Lächelnd schaut sie Jorinde in die Augen und tritt näher an das Glas, dann drückt sie ihre Lippen gegen die Scheibe. Sie meint dich, sagt Jorinde zu Konz, obwohl die Frau sie noch immer anblickt. Konz zieht sie weg.

Am nächsten Morgen bezahlen sie das Zimmer. Die Hotelbesitzerin trägt einen hellblauen Bademantel mit tiefem Ausschnitt, sie muss über achtzig sein, Jorinde kann den Blick nicht lösen von der braunen vernarbten Haut über dem knochigen Brustbein. Die Frau schlägt das Kassenbuch auf und spricht drei Sprachen gleichzeitig. Goedemorgen, sagt sie, Sie wollen zahlen?, das macht mein Mann. Sie warten. Der Junge läuft vorbei, der ihnen jeden Tag das Frühstück gebracht hat. Seine Hände und Füße scheinen zu groß für den Rest des Körpers, er trägt zwei Koffer. Die Hotelbesitzerin schüttelt den Kopf. No, sagt sie, this is not my husband.

Jorinde schlägt noch einmal den Weg ins Rotlichtviertel ein, sie will Konz keinen Grund nennen, er geht trotzdem mit. So früh am Morgen wirken die Gassen ausgestorben, nicht einmal die Läden haben geöffnet. Vergeblich sucht Jorinde nach dem Fenster, das ihr nicht aus dem Kopf geht. Der Tag ist kalt und schmutzig, sie stehen lange an einem der Wassergräben und sehen zu, wie die Wellen gegen die moosigen Ziegel schlagen. Am anderen Ufer ist ein rostiges Hausboot vertäut, auf dem Dach wächst ein Dschungel aus winterharten Pflanzen, dazwischen stehen Regentonnen, aufgespannte Schirme und Korbstühle. Wir könnten auf einem Hausboot leben, sagt Konz, und Jorinde lacht.

Als sie weitergehen, mündet ihre Gasse in eine vierspurige Hauptstraße. Auf einer Fensterbank im ersten Stock liegt hinter der Scheibe eine Frau, sie hat den kleinen Erker mit Kissen ausgestopft und telefoniert. Dabei streckt sie den Oberkörper und fährt sich über die Haare. Sie streichelt ihre Brüste und zupft am BH, ab und zu streift ihr Blick die Straße, scheinbar abwesend. Du sollst sie sehen, sagt Jorinde, aber darfst dir nichts anmerken lassen. Sie lacht wieder und mag das eigene Lachen nicht, weil sie spürt, dass sie die Frau im Fenster beneidet.

Sie haben kein Ziel, wissen nicht, was sie anfangen sollen mit diesem letzten halben Tag. Die Stadt ist aufgewacht. Jorinde tun die Füße weh, der Verkehr nimmt zu, sie schluckt Staub und hustet. Konz geht unbeirrt weiter. Zum ersten Mal bemerkt sie neben seinem Mund zwei Falten, und einen Augenblick lang will sie sich ihm in den Weg stellen und einen wütenden Kuss auf eine der schmalen aufrechten Linien drücken. Konz sieht geradeaus, sie ahnt schon lange nicht mehr, was er denkt.

Ohne sich abzusprechen, drehen sie um und gehen zurück zum Auto. Ein Mann überquert die Straße, er hat entzündete Augen, und sein Gesicht ist gelblich verfärbt. Der Mann spricht Passanten an, Jorinde geht schneller, aber er läuft hinter ihnen her und greift nach Konz' Ärmel. Konz bleibt stehen und zieht das Portemonnaie aus der Jackentasche, er sieht hinein und schüttet alle verbliebenen Gulden und Cent in seine linke Hand. Jorinde dreht den Kopf zur Seite. Denn plötzlich, an dieser Straßenecke, fühlt sie sich Konz wieder nahe, beim Anblick der vorsichtigen Bewegung, mit der er dem Mann die Münzen gibt. Sie blickt auf seine Finger, die das jetzt leere Portemonnaie verstauen, sieht die Haare auf dem Handrücken und weiß, was sie noch tun will, bevor sie die Stadt verlassen.

Das Sofa steht in einem Hauseingang, braune gerippte Polster, im Halbdunkel kaum zu erkennen. Ein Zufall, dass Jorinde es vom Gehweg aus gesehen hat. Sie greift nach Konz' Hand, zieht ihn ins Haus hinein und schließt die Tür, die Treppe hinauf ist es still. Konz bleibt stehen. Er schweigt auch, als er begriffen haben muss, wozu sie hier sind. Das Sofa riecht nach Staub, aber die Polster sind fest und trocken. Jorinde küsst Konz, ihre Zähne stoßen gegeneinander, aber sie hört nichts, alles bleibt still. Später atmet Konz mit offenem Mund

und zieht die Stirn in Falten, als schliefe er zum ersten Mal mit Jorinde. Seine Jeans hängt in den Kniekehlen, er stöhnt. Jorinde will, dass er mit der Hand in ihre Haare greift, bis sie den Kopf nach hinten biegen muss um auszuweichen. Sie drängt das Becken gegen seine Hüfte und zuckt zusammen, bewegt sich mehr als sonst. Sie hat das Gefühl, ununterbrochen Luft zu holen, ohne sie wieder auszuatmen. Konz schreit, und sie streicht sich mit einer Hand über die Augen und ist erstaunt.

Lange bleiben sie nebeneinander liegen. Die Tür zur Straße ist, als Jorinde sie zugeklinkt hat, nicht eingerastet, erst jetzt bemerken sie den offenen Spalt. Der Schweiß auf der Haut trocknet langsam, Jorinde friert. Sie denkt daran, dass sie vergessen hat, ihren Eltern zum Hochzeitstag zu gratulieren, denkt daran, dass vor zwei Tagen Klaus' Prüfungen begonnen haben, erstes oder zweites Staatsexamen, sie ist sich nicht sicher. Gerade als Konz die Lider öffnet, wendet sie den Kopf und sieht ihn an. Ich wusste es, sagt er, wir brauchten ein paar Tage Urlaub, mehr nicht. Sein Arm liegt auf ihrem Bauch, seine Augen glänzen, Jorinde dreht sich zurück auf die Seite. Wir hätten das nicht tun sollen, sagt sie. Er legt ihr die Hand auf den Mund, und sie schüttelt sie ab. Die Hand riecht nach ihm und dem Sofa, auf dem sie liegen. Man kann nicht einfach mit ihm schlafen, denkt sie, bei Konz muss alles etwas bedeuten. Er sagt: Jetzt wissen wir wieder, was wir wollen.

In der Nacht kehren sie zurück. In Konz' Küche stehen wieder Käse und Quark auf dem Tisch, Jorinde streicht Butter auf eine Scheibe Knäckebrot. Die Gurke ist angefault, Konz schmeißt sie weg. Es regt Jorinde auf, dass er so oft Essen vergammeln lässt. Der Abfall stinkt. Konz zieht die Schuhe aus, einer der Senkel hat sich verknotet, er zieht die Socken aus und massiert seine Füße. Dann stellt er sie gerade nebeneinander auf die kalten Fliesen. Er lächelt Jorinde an.

Auch auf der Rückfahrt hat er gelächelt und nichts gesagt.

Jorinde wollte das Radio einschalten, aber das hätte noch mehr gute Laune verbreitet. Sie hat die Füße gegen das Handschuhfach gestemmt und die Augen geschlossen. Auf der ersten Raststätte hat sie sich zwischen den Beinen gewaschen, gründlich, wenn auch nur mit kaltem Wasser. Als sie wieder ins Auto gestiegen ist, hat Konz zufrieden ausgesehen und mit den Fingern auf das Lenkrad getrommelt.

Sie begreift nicht, warum er nichts sagt. Es ist eins durch, sie waren fünf Tage in Amsterdam. Sie ist müde, sieht Konz nur noch undeutlich. Sie hat das Gefühl, dass es ihr nichts ausmachen wird, noch einmal auf seinem Sofa zu schlafen. Er wird es falsch verstehen, sie schmiert ihr Brot, er wird denken, es wäre jetzt alles in Butter. Jorinde mag keine Butter, aber heute Nacht schmiert sie sie dick auf ihre Scheibe. Sie kann Konz morgen noch sagen, was sie ihm sagen will. Sie bewegt die Lippen und lächelt zurück. Dann gehe ich mal ins Bad, sagt sie. Sie streicht sich die Haare hinter die Ohren, mit dieser Bewegung, die Konz früher immer als dicht bezeichnet hat. Mit der flachen Hand, nicht mit zwei Fingern. Konz setzt die Flasche an und lässt sich das Bier in den Mund laufen, es dauert, bis er schluckt. Jorinde, sagt er. Er lächelt und sagt: Du nimmst ein Taxi, ja? Er geht ins Zimmer und sucht nach dem Telefon, sie sieht ihm zu, er bückt sich, seine Hose lässt ein Stück seiner Boxershorts sehen. Möchtest du nicht, fragt Jorinde, dass ich bei dir bleibe? Er lacht. Er kommt zurück, drückt auf die Tasten und kontrolliert die Zahlen im Display, das Telefon ist kaputt, wählt manchmal eine andere Zahl als die eingegebene. Jorinde stellt ihr Glas ab. Auf der Straße vor dem Haus fährt ein Auto vorüber. Während der Rufton zu hören ist, einmal, zweimal, sagt Konz: Ich bin froh, dass es vorbei ist. Das Auto stößt zurück und bremst ab. Plötzlich denkt Jorinde, dass das schon ihr Taxi sei, aber das ist ja nicht möglich.

Marecki singt

Einer von ihnen hatte eine Narbe auf der rechten Brust. Er war nicht der Erste und nicht der Letzte. Er hieß Manfred und kam in meine Wohnung, um den Boiler im Bad zu überprüfen. Als er von einer Klappe an der Boilerunterseite die Schrauben löste, bemerkte er, dass der Schlauch meiner Waschmaschine mit einem Krümmer in die Wanne eingehängt war. Er passt nicht auf den Abfluss, sagte ich und drehte die Hähne auf, vielleicht fehlt ein Verbindungsteil. Ich ging in die Küche und kochte Kaffee, schaltete das Radio ab und horchte. Im Bad floss das Wasser aus dem Boiler. Ich stellte zwei Tassen, Zucker und Milch auf ein Tablett und trug es hinüber. Manfred hielt mir die Tür auf und sagte, er habe den Schlauch kürzen müssen, danach habe er sich leicht an den Abfluss anschließen lassen.

Er hatte es nicht eilig, die Durchsicht meines Boilers war sein letzter Auftrag an diesem Nachmittag. Er konzentrierte sich, während er mit mir schlief, ich hob die Hand und tastete nach der Narbe auf seiner Brust. Die Narbe hatte die Form einer Schlange und blieb kühl, obwohl Manfred schwitzte.

Als es Abend wurde, schob er den Arm unter meinen Kopf, vor dem Fenster schrillte immer wieder das Signal des Eiswagens, drei hohe Töne, zum Schluss ein heiseres Krähen. Kikeriki, sagte Manfred. Ich küsste die Narbe, aber er lachte nur, griff über meinen Körper hinweg nach seiner Hose und suchte das Portemonnaie. In einem durchsichtigen Seitenfach steckten Passfotos, er nahm eines nach dem anderen heraus und hielt es zwischen Daumen und Zeigefinger. Seine Frau und seine Kinder. Die Frau war blond, ich schob seine Hand zur Seite und sah mir die Fotos der Kinder an. Rote Haare, die hatten sie von ihm, und breite Wangen, das Mädchen presste die Lippen zu einem Strich zusammen, ich fragte: Haben sie auch so eine Narbe? Er lachte wieder und steckte die Bilder zurück. Narben vererbt man doch nicht, sagte er.

Die Nachbarin hat in ihrer Küche drei Käfige mit Kaninchen zu einem Turm gestapelt. Manchmal greift sie nach meinem Arm und zieht mich in ihre Wohnung. Vor zwei Wochen sagte sie: Morka ist schwanger. Das weiße Kaninchen saß schwer in der Käfigecke, als wäre es gar kein Kaninchen mehr, sondern ein Huhn, das ein Ei ausbrütet. Ich spürte ein Ziehen im Unterleib. Die Nachbarin sagte: Sie können eins haben, wenn es so weit ist. Ich wusste, dass sie eigentlich sagen wollte, ich sei zu viel allein. Ihrer Meinung nach ist nicht der Hund, sondern das Kaninchen der beste Freund des Menschen. Ich streckte mich in den Schultern und sah aus dem Fenster, die Sonne strahlte gegen die Scheiben, auf denen der Glasreiniger schillernde Streifen hinterlassen hatte. Das Gerüst stand seit Tagen, mit dem Balkonanbau sollte am nächsten Morgen begonnen werden. Ich will einen Hund haben, sagte ich, einen großen, schwarzen.

Einer von ihnen reparierte die Klospülung, seine Haare waren lang und braun, wie die Mähne von einem Pferd. Das war vor einem Jahr, im Juli oder August. Sie dürfen nicht so stark drücken, sagte er, nur antippen, das reicht. Ich beugte mich über ihn, er sah sich die Rohre an. Ihre Finger wissen genau, was sie tun, sagte ich. Das ist mein Beruf, sagte er. Er drehte den Kopf zu mir und rieb mit den schmierigen Handballen über den Stoff seiner blauen Latzhose. Endlich verzog er den Mund und sagte: Feierabend. Ich sagte: Kaffee, Wasser, Zitrone?

Beim Vereinbaren der Termine behaupte ich immer, erst ab dem späten Nachmittag Zeit zu haben.

Seit drei Tagen klafft ein Loch in meiner Küchenwand, so breit wie das Fenster, zwischen der Rahmenunterseite und den Bodenfliesen. Rohe Ziegel bilden seinen unregelmäßigen Abschluss, die Fensterbank wurde herausgebrochen und der Heizkörper an die rechte Wand versetzt. Der Balkon ist schon begehbar, er besteht aus metallenen, miteinander verschraubten Fertigbauteilen, breite Träger wurden in der Hauswand und im Boden verankert. Solange das Gerüst stand, beobachtete ich die arbeitenden Männer. Ich sah die starken Oberarme mit den dünnen schwarzen Haaren darauf, die Füße in den staubigen Turnschuhen, hörte Lachen und kurze wütende Ausrufe. Stundenlang saß ich am Küchentisch, mit gefalteten Händen, die rissige farbverschmierte Korkplatte unter meinen Ellenbogen. Ich kochte Hühnersuppe mit Curry und föhnte die Haare zu Wellen, ich spülte das Geschirr und wischte den Kühlschrank aus. Ab und an öffnete ich das Küchenfenster und fragte: Kaffee?, Saft, Wasser, Eis und Zitrone?

Die Nachbarin stellt mir immer wieder Tüten vor die Tür. In den Tüten sind Gläser mit Joghurt und Quark, rote und gelbe Paprika, Gurken und Orangen. An den Tragegriffen kleben kleine Zettel, auf denen Sätze stehen wie: Kommen Sie rüber, ich mache gefüllte Tomaten, es reicht für zwei. Ich bilde mir ein, das Zischen des Fetts zu hören, in dem die Nachbarin die Tomaten brät. Die Tüten lasse ich stehen, bis sie zu riechen beginnen, dann werfe ich sie in die graue Tonne im Hof.

Als ich die Nachbarin letzte Woche im Treppenhaus traf, wollte sie wissen, ob ich sie aufdringlich fände. Nehmen Sie's mir nicht übel, bat sie. Ich erinnere sie an ihre Nichte. Ich mag keinen Joghurt, sagte ich. Sie hob die Hand und strich sich eine der dauergewellten Locken aus dem Gesicht. Ich solle mehr Gemüse essen, wegen der Vitamine. Und Apfelessig, rief sie, das kräftigt. Dann fragte sie: Ihr Telefon klingelt nicht mehr, brauchen Sie einen Handwerker für die Reparatur, bei Ihnen sind häufig Handwerker, oder? Die Wände sind dünn wie Papier. Marecki, sagte die Nachbarin, ist mal wieder nicht zu überhören.

Als ich den Tätowierten in die Küche führte, sagte er, nur eine Stunde, dann sei auch in meiner Außenwand ein Loch. Ich nickte ihm zu und setzte mich auf den Klappstuhl am Küchentisch. Kaffee?, fragte ich, Saft, Wasser, Eis? Er schwieg, nur die Werkzeuge klirrten. Bald hing Ziegelstaub in der Luft und erschwerte das Atmen. Der Tätowierte war jünger als ich und trug Jeans und ein T-Shirt mit dem Aufdruck for sale, er hatte maisgelbe Haare und grüne Augen. Die Tätowierung an der Innenseite des linken Unterarms war mir schon in den Tagen davor aufgefallen. Der Tätowierte hatte die frisch verputzten Stellen um die Balkonträger mit weißer Farbe überstrichen. Die Nachbarin hatte mehrmals geklingelt, um mir zu sagen, dass der Vermieter trotz ihrer Beschwerden wieder Schwarzarbeiter beschäftige.

Der Tätowierte sagte, ich könne ruhig ins Zimmer gehen. Hier wird nur Ihr Kleid schmutzig, sagte er. Ich fragte: Störe ich?, und er strich mit der Hand über seine Stirn. Er schwitzte, winzige Tropfen glänzten in seinen Haaren, die Hand hinterließ einen Schmutzstreifen über den Augenbrauen. Wo kommst du her?, fragte ich. Thüringen, sagte er. Ich schlug die Beine übereinander und bot an, uns etwas zu kochen, dabei drehte ich eine Haarsträhne um meinen Zeigefinger, obwohl er den Blick nicht von seiner Arbeit hob. Ich sagte: Thüringer Klöße, mit Brotwürfeln drin, und Thüringer Zwiebelfleisch. Thüringer Zwiebelfleisch, sagte er, was soll das denn sein. Ich stand auf, spürte den trägerlosen BH unter meinen Achseln und fragte: Rinderbrust ohne Knochen, 600 Gramm, wartest du, bis ich vom Fleischer zurück bin? Er wurde rot, eine Röte wie die der Ziegel, am Haaransatz beginnend und bis in die

Drosselgrube hinunter, dann sagte er, er habe Brote dabei. Eine dünne Schicht Staub bedeckte die Herdplatten und das verklebte Geschirr in der Spüle.

Eine halbe Stunde lang hatte er schweigend den Putz aus den Fugen geklopft, die Ziegel beiseite geräumt, als er plötzlich mit einem Ausruf die Arbeitshandschuhe von seinen Fingern streifte und auf die Fliesen warf. Sie machen mich nervös, sagte er. Ich spürte meine Fingernägel, die ich in die Oberarme presste, ich saß am Tisch und fragte laut: Möchtest du wirklich nichts trinken, Saft, Eis und Zitrone? Er ließ die Hände auf die Knie fallen. Lassen Sie mich in Ruhe, flüsterte er. Ich sagte leise: Du sollst mir doch nur was erzählen, erzähl mir von Thüringen. Er drehte sich überstürzt um, rammte die Schulter zweimal gegen die Fensterbank, die endlich nachgab und auf den schuttbedeckten Boden krachte. Die Küche füllte sich mit Staub, ich hustete. Der Tätowierte stand auf und hielt sich mit einer Hand die Schulter, während er atemlos rief, er sei ja schon fertig. Der Ziegelstaub brannte in den Augen, ich hielt eine Hand vor den Mund, der Husten presste die Luft aus meinen Lungen. Dann trat ich zur Seite. Sind Sie jetzt zufrieden, sagte der Tätowierte und schlug mit der Tür.

Marecki sagt, die Nachbarin habe als Sozialpädagogin gearbeitet, bis man sie bat, in den Vorruhestand zu gehen. Marecki sagt viel, aber niemand hört ihm zu. Wenn ich der Nachbarin an der Haustür begegne, bittet sie mich, ihr die Einkaufsnetze nach oben zu tragen. In ihrer Küche schiebt sie mir einen Plastikstuhl hin, um mir dann eines der Kaninchen auf die Handflächen oder die Oberschenkel zu setzen. Die Kaninchen heißen Morka, Mirko, Minkel und Möhre, und es enttäuscht die Nachbarin immer wieder, dass ich sie nicht auseinander halten kann. Sie sagt, ich müsse über alles reden. Ich glaube, die Kaninchen auf den Oberschenkeln sollen mich lockern. Die Nachbarin sagt, wenn man wirklich reden wolle, genüge sogar ein Hibiskus als Gegenüber. Ich besitze keine einzige Pflanze, aber das geht sie nichts an. Die Nachbarin lächelt, wenn ich schweige, und kocht Kakao in einem blauen Topf. Ich bin neunundzwanzig Jahre alt und sage zu ihr: Ich bin kein Kind mehr. Ich denke an Milchränder um den Mund.

Auch heute roch ich den Müll schon beim Aufwachen, verschimmeltes Obst und Kaninchenstreu. Die Tonnen stehen im Hof, direkt unter dem Loch in meiner Küchenwand, und nicht alle Mieter schließen die Deckel wieder. Ich blieb liegen, drehte mich zur Wand.

Ich stehe auf und gehe einkaufen, ich kaufe Kaffee, Wasser, Saft und ein Netz Zitronen. Als ich wiederkomme, weist der kleine Zeiger der Küchenuhr auf die Neun. Es ist heiß. Auf meinen Armen kann ich feine dunkle Äderchen erkennen. Wenn ich die Augen leicht zusammenkneife, sehen sie aus wie Spinnen auf einer Kalkwand. Die Nachbarin sagt, je wärmer es sei, desto stärker sehe man, dass ich friere. Heute kommen die Handwerker, um die Balkontüren einzubauen. Das passiert von innen, das Gerüst ist schon fertig zerlegt und lagert in Stapeln vor dem Haus. In einem Schreiben teilt der Vermieter mit, der Einbau der Türen sei die letzte Baumaßnahme für lange Zeit.

Ich höre Stimmen im Treppenhaus und sehe durch den Spion. Zwei Balkontüren werden die Stufen hochgetragen. Auch die Schwarzarbeiter steigen hinauf, sie werden den Schutt fortschaffen und, wenn nötig, die Durchbrüche erweitern. Ich vermute, dass mit dem Einbau im obersten Stockwerk begonnen wird, links, bei Marecki. Die Nachbarin sagt, Marecki rufe vor jeder Zählerablesung und Boilerreinigung die Hausverwaltung an, um zuerst dranzukommen. Dabei sei er den ganzen Tag daheim. Auch die Nachbarn von oben und unten sagen: Marecki ist asozial und ein Ferkel. Er trennt seinen Müll nicht und wischt nie die Treppe!

Seit Monaten steckt die Nachbarin Kärtchen mit Adressen in meinen Briefkasten. Wenn ich sie danach frage, zuckt sie die

Achseln, als verstünde sie nicht, wovon ich rede. Sie sagt, ich müsse selbst wissen, ob ich Probleme habe. Ich schaffe es nicht, auch die Visitenkarten in eine der Tonnen im Hof zu werfen, ich lege sie nebeneinander auf meinen Schreibtisch. Mittlerweile bedecken sie einen breiten Streifen auf der linken Seite. Manche Karten tauchen mehrfach auf oder sind durch ein rotes Ausrufezeichen als besonders hilfreich markiert. Lachend erzähle ich davon. Irgendjemand, sagt die Nachbarin, macht sich Sorgen um Sie.

Den ganzen Tag über höre ich die Männer im Treppenhaus. Sie tragen die ausrangierten Fenster nach unten, und ich erkenne die Stimme des Tätowierten. Nicht einmal seinen Namen weiß ich. Sie reden über Marecki. Mit dem will ich nicht im Haus wohnen, sagt der Tätowierte halblaut. Jemand antwortet, das sei das Alter, Marecki könne ja nichts dafür, im Grunde sei er ein armes Schwein. Gegen meinen Vater ist der harmlos, sagt ein dritter.

Während sie weitergehen, denke ich an den Tätowierten. Das Tattoo zeigt zwei ineinander verschlungene Tauben, von denen die eine aufsteigt, die andere mit gebrochenen Flügeln zu Boden taumelt. Wenn der Tätowierte den Arm hob, verdrehte sich das Bild, die kranke Taube stürzte nach oben.

Ich sitze am Küchentisch, ich schaue durch den Spion, ich warte. Nicht zum ersten und sicher nicht zum letzten Mal. Um fünf öffne ich die Tür. Bei der Nachbarin waren die Männer schon vor einer Stunde, jetzt arbeiten sie im Stockwerk unter mir, und ich frage mich, ob sie meine Wohnung vergessen haben. Marecki hat die neue Balkontür geöffnet, sein Radio spielt Hits der Achtziger in voller Lautstärke, wenn ich mich vor das Loch in der Küchenwand stelle, kann ich ihn mitsingen hören.

Auf dem Treppenabsatz stehen die Nachbarin und der Tätowierte, sie sehen zu mir hoch, und die Nachbarin grüßt. Der

Tätowierte verschränkt seine Hände ineinander und lässt die Finger knacken, ich denke, vielleicht bricht er sich einen Knochen. Plötzlich bin ich mir sicher, dass sie über mich gesprochen haben, die Nachbarin lächelt, greift fester nach ihrem Einkaufsnetz und geht die Treppe hinunter. Kommen Sie noch zu mir?, frage ich den Tätowierten. Wir haben Dienstpläne, sagt er, Sie haben hier nichts zu entscheiden. Die Tauben liegen leicht auf seinem Arm, und ich möchte antworten, aber er dreht sich schon um.

Ich will einen Hund haben, einen großen, schwarzen Hund, vielleicht einen Labrador. Der Hund wird die Wohnung der Nachbarin nicht betreten dürfen, weil sie Angst um ihre Kaninchen hat. Ich werde mit ihm durch den Park laufen und in die Stadt gehen. Wenn sich uns jemand nähert, wird der Hund seine Schnauze aufreißen, die Lefzen zurückziehen und seine Zähne zeigen, und niemand wird wissen, ob er nur müde ist oder gefährlich. Wenn ich mit dem Fahrrad fahre, wird er den Gehweg entlanghetzen, vor jedem Bordstein stoppen und auf mein Zeichen warten, bevor er die Straße überquert. Er wird Katzen jagen, und Zecken werden sich in seine Haut bohren. Wenn es heiß ist, werde ich uns im Hinterhof mit dem Gartenschlauch abspritzen. Und irgendwann wird ein Mann vor dem Hund knien, der Hund wird die Schnauze aufreißen, aber der Mann wird lachen und ihm ins offene Maul greifen.

Ich sitze auf dem Boden, den Rücken an die Wohnungstür gelehnt. Es ist sechs, und die Handwerker haben das Haus verlassen. Sie sind in ihren Kleintransporter gestiegen und fortgefahren, nachdem der Tätowierte das Werkzeug auf die Ladefläche gelegt hat, neben die ausgebauten Fenster. Ich habe von oben zugesehen, wie er die Straße hinunter in Richtung Park ging. Ich weiß nicht, was ich tun soll. Ich könnte einen der Klappstühle durch das Loch in der Küchenwand ziehen, mich auf den Balkon setzen, über die Brüstung lehnen und rauchen. Von unten wird nicht zu erkennen sein, dass bei mir keine Balkontür eingebaut wurde. Ich könnte grüßen, eine Zeitung lesen und zu Marecki hinaufrufen, er soll das Radio leiser stellen.

Ich bleibe sitzen. Ich rieche den Müll aus den Tonnen im Hof, verschimmeltes Obst und Kaninchenstreu. Die Nachbarin klingelt mehrmals. Marecki singt, und ich bleibe sitzen.

Mutter Vater Kind

Linn ruft an, sie sagt: Geh mit uns spazieren. Darja ruft an und will ins Kino. Ich gehe in das kleine Kino am Ende der Straße, aber ich gehe allein. Ich setze mich in die erste Reihe. Es gibt keine festen Plätze, niemand sagt etwas, als ich einen der hölzernen Stühle zu mir heranziehe und meine Beine hochlege. Ich möchte, dass es so aussieht, als hätte ich den ganzen Tag gearbeitet und wäre jetzt erschöpft. Ich ziehe den Bauch ein, weil mich jemand beobachten könnte, schaue mich nicht um. Vom Eingang her schreit eine Frau einen Namen, Mark, und läuft zu einem Mann links neben mir. Die Frau hat knallrote Haare, sie lacht und steigt über meine ausgestreckten Beine, ich sehe einen Streifen Haut zwischen Bluse und Jeans. Mark wedelt mit beiden Armen, bleibt aber sitzen. Das Licht geht aus, ich kann nicht mehr erkennen, ob sie sich küssen.

Auf der Leinwand sieht ein Junge zu, wie sein Freund im Kanal ertrinkt, die Luftblasen schillern farbig, bevor sie zerplatzen. Der Junge hat Sommersprossen. Auch die abstehenden Ohren, auf die sein Vater ihn schlägt, sind voll davon. Nicht auf die Ohren, sagt die Mutter. Der Junge läuft durch ein Weizenfeld, hinter dem hell der Himmel steht, später regnet es, und am Ende springt auch er von der Brücke in den Kanal.

Niemand ruft an. Ich sitze im Schneidersitz vor der Anlage und höre Kinderlieder. Die linke Lautsprecherbox ist kaputt, klirrt bei den hohen Tönen. Die Kassette leiert. Auf dem Aufkleber lese ich, dass sie zehn Jahre alt und das Weihnachtsgeschenk einer Schulfreundin ist. Ich habe nicht das Gefühl, mich an irgendetwas erinnern zu können.

Ich lege mich auf den Teppich und greife nach dem Telefon, Linns Nummer habe ich gespeichert, Taste drei. Ich gehe mit euch spazieren, sage ich.

Ich laufe durch den Park, mit Linn und Patrik und dem Kind. Seit Linn und Patrik das Kind haben, versuchen sie, nicht zu streiten. Erst am Abend, wenn das Kind schläft, schreien sie sich an wie früher. Die Wege im Park sind aufgeweicht, in der Nacht hat es wieder geregnet, Linn schiebt den Kinderwagen. Schwarzer Schlamm bleibt an den Speichen hängen, spritzt gegen die zellophanverpackten Ersatzwindeln im Gitterkorb zwischen den Rädern. Das machst du dann sauber, sagt Linn zu Patrik.

Von dem Kind sieht man wenig, es steckt in einem wollenen Sack mit Reißverschluss und Kapuze. Als Linn schwanger wurde, ließ sie sich von ihrer Mutter zeigen, wie man strickt. Wenn sie den Wagen über eine Wurzel schiebt, rutscht dem Kind der Schnuller aus dem Mund, und es beginnt zu schreien. Die Vögel in den Bäumen kreischen und fliegen auf, drehen Kreise über uns, es dauert lange, bis sie sich wieder beruhigen.

Es wird schon dunkel, obwohl es erst vier ist, das Kind schläft ein. Linn und Patrik reden nicht, vielleicht haben sie Angst, es zu wecken. Ich denke an Darja und daran, dass ich Linn anbieten sollte, den Wagen zu schieben. Die Räder quietschen, Linn sieht Patrik von der Seite an. Erst als er nicht reagiert, sagt sie: Wann ölst du die Räder? Nächste Woche habe ich frei, sagt Patrik. Bist du dann auch mal zu Hause?, fragt Linn.

Für den Rückweg wählen wir die Hauptstraße, um schneller voranzukommen. Die Räder des Kinderwagens hinterlassen schwarze Streifen auf dem Pflaster. Patrik hat jetzt einen Job als Werbetexter, sagt Linn. Aber ihm fällt nichts ein! Sie sagt: Obwohl wir das Geld dringend brauchen, fällt ihm nichts ein.

Als wir das Haus erreichen, holt Patrik einen Schlauch aus dem Keller und spritzt die Räder des Kinderwagens ab, dann der Reihe nach unsere Schuhe. Meine sind nicht wasserdicht, die Socken saugen sich voll, später spüre ich, wie die Haut an Zehen und Ballen zu quellen beginnt.

Darja ruft an und sagt, dass sie weinen will. Das kann sie nur, wenn jemand dabei ist. Ich besuche sie in ihrer Wohnung, die bald saniert wird, dann muss Darja umziehen. Sie hat Angst davor. Ich bin zwölf Jahre jünger als sie, aber doppelt so oft umgezogen.

Darjas Fenster schließen von Woche zu Woche schlechter, die Rahmen riechen modrig. Die Wände sind weiß gekalkt und hinterlassen Flecken auf meiner Strickjacke, wenn ich mich anlehne. Darja, sage ich, warum heizt du nicht? Sie legt die Hände gegen die Fliesen des blaugrünen Kachelofens und zuckt die Achseln. Es ist schon März, sagt sie. Ich tippe gegen meine Stirn: Wir haben vier Grad über null. Es stinkt nach Furz, wenn ich heize, sagt Darja, der Ofen zieht nicht. Irgendwann, sagt sie, fliegt hier alles in die Luft.

Wir trinken Tee und roten Wein, sitzen auf Darjas Matratze und legen die Decke über unsere Beine. Darja weint lange, sie bekommt Schüttelfrost und zittert, klammert die Hände um meinen Arm. Von den Tränen, die sie schluckt, wird ihr schlecht, so dass sie sich auf die Seite legen muss. Ich sage nichts, wir haben schon zu oft geredet. Mit der rechten Hand kreise ich über ihre Schulter, immer wieder, bis mein Gelenk verkrampft. Darja atmet mit offenem Mund, ihre Lippen sind beinahe blau. Geht es, sage ich. Ja, sagt sie leise. Sie holt Luft und stößt sie wieder aus, ich sehe, wie unter dem engen Pullover aus dünner Wolle ihr Bauch vibriert.

Später sitzen wir in der Küche, und Darja zündet alle vier Flammen des Gasherds an, damit es warm wird. Ich mag das, wenn mir schwindlig ist, sagt sie. Diese Hitze im Hals und im Kopf, die Luft riecht süß.

Als sie vierzehn war, entwickelte Darja eine Technik, ohnmächtig zu werden. Sie hat mir davon erzählt. Sie stellte sich mitten ins Zimmer, atmete schneller und immer schneller, ganz flach, bis ihr schwarz vor Augen wurde und sie auf den Boden fiel. Darja sagt, sie habe aufgehört, in Ohnmacht zu fallen, nachdem ihre Mutter sie dabei erwischt und zum ersten und letzten Mal geohrfeigt habe, links und rechts, mehrfach. Die Abdrücke, sagt sie, sah man noch nach zwei Tagen.

Die Freundin, die mir die Kassette mit den Kinderliedern geschenkt hat, bevor sie die Schule wechselte, hieß Claudia Schumann. Plötzlich fällt es mir wieder ein. Ich könnte mich nicht bei ihr melden, selbst wenn ich das wollte, ich habe keine Adresse, und Claudia Schumann ist ein häufiger Name. Außerdem kann sie geheiratet haben, manchmal heiraten Frauen in meinem Alter.

Sie schenkte mir die Kassette zu Weihnachten, in der neunten Klasse. Ich verstand nicht, dass Claudia Schumann mir Kinderlieder schenkte, aber sie sagte, es seien keine, sie seien für Erwachsene. Auf dem Einwickelpapier stand in Schreibschrift: Zur Erinnerung an die gemeinsame Schulzeit.

Zehn Jahre lag die Kassette zwischen anderen in der Metallkiste neben meiner Anlage. Ich habe nie darüber nachgedacht, ob ich mich an meine Vergangenheit erinnern kann. Jetzt höre ich die Lieder, immer wieder. Und plötzlich fällt mir der Name ein, Claudia Schumann.

Ich rufe Linn an und sage: Eine völlig neue Idee! Es gab eine Zeit, in der ich vierzehn Jahre alt war oder fünfzehn. Noch vor drei Tagen, sage ich, hätte ich behauptet, immer fünfundzwanzig gewesen zu sein. Spinn nicht rum, sagt Linn, komm rüber und hilf uns beim Abwasch.

Linn und Patrik lassen den Abwasch die ganze Woche stehen, bis er außer dem Spülbecken auch den Kühlschrank und den Herd bedeckt und es keinen sauberen Teller mehr gibt. Ich kratze die Pfannen aus, wechsle mehrmals das Wasser. Linn kommt herein und wickelt das Kind auf dem zerschrammten Holztisch. Als sie die Klebestreifen der Windel löst, sehe ich, dass die Haut des Kindes rot und wund ist. Nach dem Eincremen und Pudern glänzt sie weiß und fettig. Das Kind gibt Töne von sich, gluckst wie ein Fisch unter Wasser. Manchmal, sagt Linn, lacht Dudu schon. Sie nennt das Kind Dudu, seit sie beobachtet hat, wie Patrik sich über den Kinderwagen beugte, seine Hände wie Vögel flattern ließ und halblaut murmelte: Dudududu. Sie gibt dem Kind eine Rassel in die Hand, während sie versucht, Hemdchen und Strampelhose über die dünnen Arme und Beine zu ziehen. Aber das Kind lässt die Rassel fallen, so dass sie vom Tisch rutscht. Das Ding, sagt Linn, ist von Patriks Mutter. Patriks Mutter, sagt sie, bezahlt uns nicht etwa die Windeln oder ein Kinderbett, sondern schlägt Dudu mit Spielzeug tot. Tatsächlich besitzt das Kind mehrere Teddybären und Hasen mit geknickten Ohren, Rasseln, Beißringe, Mobiles und Schwimmenten. Dabei, sagt Linn, kann Dudu noch gar nicht spielen.

Als Patrik nach Hause kommt, kocht er. Wer hat abgewaschen, fragt er Linn, du oder Ela? Sie antwortet nicht. Ich sehe gern zu, wenn Patrik kocht. Er hat breite Hände, mit denen er Gemüse schneidet für einen Eintopf, Gemüse und sehniges Rindfleisch. Linn stillt das Kind, ihre Brüste sind schwer und weiß von der Milch darin. Auch Patrik sieht über die Schulter auf Linns Brüste und das darüber geraffte Hemd mit der schwarzen Spitze. Pass auf, was du tust, sagt Linn, sonst schneidest du dir in den Finger. Sie hat mir erzählt, dass sie und Patrik zuletzt miteinander geschlafen haben, als sie im vierten Monat war.

Patrik schöpft den Eintopf in tiefe Teller. Linn kostet und schiebt das Essen weg, lehnt sich zurück, der Stuhl knarrt. Schmeckt es nicht, fragt Patrik. Da ist Sellerie dran, sagt Linn. Patrik beugt sich über seinen Teller, er isst schnell und gleichmäßig, wahrscheinlich hat er sich schon am ersten Löffel die Zunge verbrannt. Linn legt den Kopf auf die Lehne und sieht an die Zimmerdecke.

Ich darf das Kind halten. Es liegt in meinem Arm und sieht mich an, es hat blaue Augen und eine Glatze. Hatte ich auch, sagt Linn, bis zu meinem ersten Geburtstag. Die knollige Nase mit den großen Löchern hat das Kind von Patrik. Das ist doch keine Nase für ein Kind, sagt Linn. Ich rieche an den winzigen Fingernägeln und an den Ohren, ganz oben am Kopf riecht das Kind nach Milch, die gerade sauer wird. Ich bin eine gute Fee, sage ich gegen den Milchgeruch, und ich wünsche dir Folgendes: Deine Eltern sollen wieder lernen, sich anzufassen, deine Großmutter soll eine Lärche pflanzen am Tag deines ersten Wortes, du sollst nie erwachsen werden. Linn nimmt mir das Kind ab. Du siehst aus, sagt sie, als ob du auch eins haben willst.

Claudia Schumann war sieben und trug blonde Haarschnecken. Wir spielten Mutter Vater Kind in ihrem Zimmer. Claudia Schumann war das einzige Mädchen in meiner Klasse, das eine große Puppenküche besaß und Puppen mit offenen Mündern und Schlafaugen. Meine Mutter sagte, Claudia Schumann bekomme diese Dinge von Verwandten aus Wuppertal. Als ich sie fragte, wo das liege, antwortete sie: Weit weg. Ich dachte, weit weg, das muss hinter der Ostsee sein.

Claudia Schumanns Puppen konnte man aus kleinen Fläschchen zu trinken geben. Setzte man sie danach auf ein hellblaues Plastiktöpfchen, pullerten sie wie echte Kinder. Ich wollte einer der Puppen Milch geben, aber Claudia Schumann bestand auf Wasser. Alles andere habe ihre Mutter verboten, Milch werde im Puppenbauch sauer. Ich sagte: Kinder dürfen kein Wasser trinken!, aber Claudia Schumann schrie, dass nur sie wisse, was das Beste für ihre Puppen sei. Sie riss mir die Puppe aus der Hand und setzte sie in einen Puppenstuhl. Auch der Stuhl war hellblau, die ganze Puppenküche war hellblau, selbst die Herdplatten. Wir kochten Kakao und Suppe mit süßen Streuseln, es gab Teller und Tassen und Messer und Gabeln und Töpfe und Topflappen mit rankenden roten Blumen darauf. Die Puppenküche war so groß, dass sie gerade noch an die schmalere Wand von Claudia Schumanns Zimmer passte.

Weil es ihre Puppenküche war, legte Claudia Schumann die Regeln fest, wenn wir Mutter Vater Kind spielten. Meist war ich der Vater. Ich sollte das Auto waschen und vom Feiertagsschnaps trinken, während Claudia Schumann die Puppen windeln, ihnen Strampelhosen anziehen und Fläschchen geben durfte. Da zur Puppenküche kein Auto gehörte, ging ich während des angeblichen Autowaschens vor die Tür und langweilte mich in Claudia Schumanns Flur. Kam ich wieder herein, sagte Claudia Schumann zu den Puppen: Schaut, wie das Auto glänzt, der Vater hat es gewaschen, und jetzt erklärt er euch einige Sternbilder! Ich kannte aber keine Sternbilder, und Claudia Schumann fragte mich, ob ich keinen Vater habe.

Darja legt den Hörer auf, wenn ich von Linn und Patrik und dem Kind erzähle. Ich rufe wieder an und entschuldige mich. Wir verabreden uns, gehen zusammen in den Zoo. Ich will zu den Affen, den kleinen Gorilla sehen, der gerade das Klettern und die Schwünge von einem Seil zum anderen lernt. Manchmal verliert er den Halt und stürzt ab, aber immer gelingt es ihm noch, sich irgendwo anzuklammern. Dann baumelt er minutenlang an einem Bein, vielleicht, um sich von dem Schreck zu erholen. Ich will nichts sehen, was niedlich ist, sagt Darja.

Die Wölfe sind schmutzig weiß mit einem Stich ins Gelb, sie liegen auf künstlichen Felsen und gähnen. Einer beißt sich das Fell von der linken Vorderpfote, sie ist schon fast kahl. Ich versuche herauszufinden, welcher Wolf der Rudelführer ist, aber Darja stellt sich vor mich, so dass ich nichts mehr sehe. Lacht es schon, fragt sie, das Kind?

Als Darja dreißig war, hat sie zweimal abtreiben lassen. Sie hatte Angst, das Kind allein großziehen zu müssen. Der Mann, von dem sie schwanger wurde, warf damals Farbbomben gegen große quadratische Leinwände. Er lebte von vierhundert Mark, die seine Mutter an jedem Monatsersten vorbeibrachte. Das wäre kein Vater gewesen, sagt Darja, für ein Kind. Sie sagt, die Eingriffe taten kaum weh. Wusstest du, fragt sie, dass es nach Abtreibungen viel schwerer ist, wieder schwanger zu werden? Ich sage nichts.

Im Januar hat Darja ihn mir gezeigt, den Maler, auf einer Vernissage. Sie nahm meine Hand und flüsterte, dass er sich überhaupt nicht verändert habe. Er saß in einem aus dem Leim gehenden Lehnstuhl neben der Toilettentür, auf jedem Knie ein Mädchen. Seine Mätressen, sagte Darja. Die Mädchen sahen aus wie Zwillinge, wie Kinder, mager und hellblond, eines neigte den Kopf und steckte dem Maler die Zunge ins Ohr. Er legte die Arme um die Schultern der Mädchen und sah Darja an, Darja drehte sich um und ging hinaus. Der, sagte ich später, wäre auch heute kein Vater für ein Kind. Er hat aber inzwischen welche, sagte Darja leise.

Darjas Beziehungen enden mit zerbrochenen Gläsern und durchgeschnittenen Telefonschnüren. Seit drei Jahren gehen wir regelmäßig in den Zoo. Es ist nicht zu spät, sage ich zu ihr. Ich bin siebenunddreißig, sagt sie. Alles, was sich Darja vom Leben wünscht, ist ein Kind. Sie sieht auf die gelbstichigen Wölfe und zieht die Brauen zusammen. Das sind wirklich traurige Tiere, sagt sie.

Ich stelle mir vor, wie mein Bauch dicker und dicker wird, bis das weiße T-Shirt spannt und eine Falte wirft, unter dem Busen. Ich stelle mir vor, wie mein Bauch so dick wird, dass ich beide Hände darunter legen kann und sie nicht mehr sehe.

Ich muss den Bauch mit den Händen stützen, so schwer ist er. Ich will mir vorstellen, dass ich Lust darauf habe, Schokolade und saure Gurken durcheinander zu essen. Aber ich glaube nicht, dass ich Lust auf saure Gurken bekommen würde, saure Gurken habe ich nie gemocht. Vielleicht würde ich Schokolade und Fenchel essen wollen. Ich stelle mir vor, wie meine Hände spüren, dass das Kind seine Füße gegen die Wand der Gebärmutter stemmt. Die zarten Tritte, eine Vibration wie die von Schienen, wenn der Zug näher kommt und man aufsteht und fortgeht. Das stelle ich mir vor.

Ich gehe ins Kino, setze mich in die erste Reihe und schaue nach oben. Von der weiß gestrichenen Decke hängt ein langer Staubfaden mit einer Verdickung am Ende, der einen scharfen Schatten wirft. Der Faden wird von der Heizungsluft hin und her geblasen, das sieht aus wie Spitzwegerich im Wind. Zwei ungewöhnlich biegsame Stängel Spitzwegerich. Pas de deux, sage ich zu meiner Nachbarin, aber sie versteht mich nicht, und ich werde rot. Noch bevor das Licht ausgeht, verlasse ich den Saal.

Im Treppenhaus steht Darja und wartet auf mich. Sie hat nicht angerufen, ich wusste nicht, dass sie kommt. Linn hat angerufen, das Kind ist krank, und Patrik verbringt die Abende in der Kneipe. Er hält es nicht aus, mit Dudu und mir allein zu sein, sagt Linn. Er trinkt Wasser und Kirschsaft, sagt sie, wenn er wenigstens Bier trinken würde, wenn er betrunken wäre beim Heimkommen, dann hätte ich einen Grund, mich zu beschweren.

Darja steht vor der Tür des Orientalischen Tanzstudios, an das die Räume unter mir vermietet sind. Sie lacht. Ihr Lachen klingt ungeübt, als hätte sie es schon fast verlernt, wie ein Löffel in einer Blechschüssel. Was ist so komisch?, frage ich. Sie zeigt auf die gläserne Tür zum Studio und lacht weiter, presst eine Hand auf den Bauch, legt die andere gegen die Stirn. Durch das gewellte Glas kann man undeutlich eine rotbraune

Katze mit langem Fell erkennen. Die Katze drückt sich gegen die Tür, streckt die Pfoten aus, läuft auf und ab. Durch die Krümmung der Scheibe wirkt sie im einen Moment knochig dünn mit hohen Beinen, im anderen rund wie ein Fußball. Darja hustet. Dann sieht sie mich an und verstummt. Was ist so komisch, sage ich.

Borschtsch

Laura und Alexander lernen sich in der Billardkneipe kennen, in der Laura kellnert. Laura sieht Alexander schon, als er hereinkommt, sie glaubt an den ersten Blick, immer noch. Alexander spricht mit niemandem, er setzt sich an die Theke, bestellt ein Bier und starrt in sein Glas. Ein Melancholiker, kichert die Aushilfe, die das Geschirr spült, aber Laura fährt sie an, sie solle den Mund halten. Später, als gerade wenig los ist, bleibt sie neben Alexander stehen und reibt mit der Spitze des Zeigefingers über die Ränder der leeren Schnapsgläser auf dem Tablett. Die grüne Tuchbespannung der Spieltische ist fleckig, aber noch ohne Risse. Alexander hebt den Kopf, zum ersten Mal treffen sich ihre Blicke, und Laura denkt, dass seine Augen müde aussehen, dass sie schmal sind und grau. Wann bist du denn fertig hier?, fragt er, sie zuckt zusammen, eines der Gläser fällt um und rollt bis an den weißen Plastikrand, sie antwortet: In ein paar Minuten, um zehn.

Als sie im Mantel wiederkommt, nimmt er ihr den ledernen Rucksack aus der Hand. Ich trage das, sagt er, gehen wir. Sie fragt, wohin, aber er antwortet nicht, hält ihr die Tür auf und lässt den Rucksack pendeln. Draußen schneidet der Frost, eine messerscharfe Kälte. Um das Schweigen zu beenden sagt Laura: Es ist eisig. Ja, sagt Alexander. Sie gehen nebeneinanderher, der Gehweg ist tief verschneit, im Schnee sind kaum Spuren zu sehen, er knarrt unter ihren Stiefeln. Laura mag das

Geräusch nicht und versucht, mit Alexander im Gleichschritt zu laufen.

Ich glaube nicht an Liebe auf den ersten Blick, sagt er endlich, ich bin Alexander, wie heißt du? Laura, antwortet sie und bläst den Atem gegen ihre Nase, um sich zu wärmen. Interessanter Name, sagt er. Sie sieht ihn von der Seite an, weil sie nicht weiß, ob er es ernst meint, er blickt nach vorn, sie sieht sein Profil im Schein einer Straßenleuchte. Er hat blonde Haare, die Locken sehen gefroren aus, spiralige Eiszapfen, die von seiner Kopfhaut abstehen. Hast du keine Mütze?, fragt sie und beißt sich im nächsten Moment auf die Zunge, was für eine dumme Frage, er wird sie nicht küssen, wenn sie solche Fragen stellt. Er behauptet, ihm sei nicht kalt, sie zittert trotz Mantel und Schal und sagt: Da hast du es gut. Daraufhin rückt er näher an sie heran und nimmt ihre Hand, das hat sie sich die ganze Zeit vorgestellt, aber er greift sehr fest zu, und plötzlich hofft sie, dass niemand sieht, wie er seine nackten frostroten Finger um ihre wollenen Handschuhe drückt.

Sie erreichen die Hauptstraße. Ich fahre mit dem 60er Bus in zwei Minuten, sagt er und schiebt die Brauen zusammen, bis eine senkrechte Falte entsteht. Laura hebt das Handgelenk und sucht vergeblich nach ihrer Uhr, sie muss sie in der Angestelltentoilette vergessen haben. Die Uhr wird auf dem Waschbeckenrand liegen und leise ticken, neben den bis zur Decke gestapelten Bierkästen. Laura hat gehofft, Alexander habe ein Auto und könne sie heimfahren, sie nimmt ihren Rucksack aus seiner ausgestreckten Hand und sagt: Das war's dann wohl. Jetzt warte mal, sagt er. Er packt ihren Arm und hält sie fest, so dass sie stolpert. Sehe ich dich morgen?, fragt er, und sie fragt zurück: Willst du das denn? Es ist zu kalt um zu kokettieren, er geht auch nicht darauf ein. Ja, sagt er ernst.

Ich arbeite wieder bis zehn, sagt sie und beeilt sich, ihm all das zu sagen, was sie einander in der letzten halben Stunde verschwiegen haben. Adresse und Telefonnummer, ihre Mutter leitet ein Miederwarengeschäft, ihren Vater kennt sie nicht, ja, sie mag Blumen, Narzissen, aber auch Maiglöckchen, nein, sie hat keinen Freund. Sie stellen fest, dass Alexander vor zwei Monaten seinen zwanzigsten Geburtstag gefeiert hat, an dem Tag, an dem Laura ihre Anderthalbzimmerwohnung am Rande der Südvorstadt bezog. Siebenunddreißig Quadratmeter, sagt sie. Alexander küsst sie auf die Stirn, als der 60er kommt, sie spürt, dass er trockene, rissige Lippen hat, sie legt die Hand auf die Stelle und sieht den Rücklichtern des Busses nach, bis sie zwischen denen der Autos verschwunden sind.

Als er am nächsten Tag anruft, erkennt sie seine Stimme nicht und fragt auf sein: Ich bin es!, wer denn dran sei. Alexander erzählt eine Geschichte aus seiner Kindheit, sein Bruder und er am Baggersee, es geht um einen Baumstamm, der aussieht wie ein Krokodil. Laura versteht die Pointe nicht, aber sie lacht, wenn er lacht, ihre Haut wird heiß und spannt über ihren Wangenknochen, weil sie sich freut, dass er sich so um sie bemüht. Sie muss an die Farbe seiner Haare denken, alle Wände und Decken in ihrer Wohnung sind mit weißer Raufasertapete beklebt, der Ofen ist schon wieder ausgegangen. Sie sagt Alexander, dass man sich auf die Ofenbank setzen, den Rücken an die glasierten Kacheln pressen müsse, um noch ein wenig Wärme zu spüren. Sie sagt ihm, dass sie ihn jetzt gern bei sich hätte. Ja, antwortet er nach einer Pause, das habe ich mir gedacht. Dann sagt er, sie soll sich am Abend schminken, aber wohin sie gehen werden, verrät er nicht.

Sie rechnet damit, dass er in die Kneipe kommt, Bier trinkt und gegen sich selbst eine Runde Billard spielt, während er auf sie wartet, aber er kommt nicht. Als sie gegen zehn auf die Straße tritt, friert sie sofort in der dünnen Strumpfhose, die sie nur selten trägt, aus Angst, sie beim Anziehen zu zerreißen. Neben ihr hält ein silberblaues Auto, Alexander beugt sich herüber und öffnet die Tür zum Beifahrersitz. Du hast ja doch ein Auto, sagt Laura, sie sagt es zweimal, bis er gezwungen ist, den Kopf zu schütteln. Das Auto gehört seinem Vater. Nachdem Laura den Mantel aufgeknöpft hat, macht Alexander ihr ein Kompliment. Schönes Kleid, sagt er. Sie fragt sich, was davon er in dem fahlen Licht überhaupt erkennen kann. Er küsst sie auf die Wange, also hält sie den Mund. Wir fahren zu meinen Eltern, sagt er, Laura weiß nicht, was sie erwartet hat, einen Kinobesuch, ein Essen im Restaurant. Dass er sie seiner Mutter vorstellen wird, hat sie nicht geahnt. Sie fahren schweigend.

In Alexanders Viertel sehen alle Häuser gleich aus, es sind Plattenbauten, hohe Blöcke zu beiden Seiten der Straße. Laura ist zum ersten Mal hier. Die Wohnung liegt im vierten Stock, Alexander klingelt erst unten an der Sprechanlage, dann oben an der Tür, Laura fragt sich, ob er keinen Schlüssel hat. Der Mann, der ihnen öffnet, ist klein und so mager, dass man seine Knochen sehen kann, er trägt Shorts und ein schmal gestreiftes Hemd. Mein Vater, stellt Alexander ihn vor.

Der Vater schaut auf Lauras Handgelenke, dann sagt er, das Essen sei schon lange fertig. Gleich, sagt Alexander, ich will Laura mein Zimmer zeigen. Es ist ein winziger Raum. Alexander deutet auf den niedrigen Tisch, den hellbraunen Teppich, die mit Papieren voll gestopften Regale, den Computer und das Doppelstockbett. Doppelstock?, fragt Laura. Mein kleiner Bruder, sagt Alexander, jetzt, wo er beim Bund ist, geht es. Die Leiter ist ausgehängt, auf dem weißen Rahmen des unteren Bettkastens Spuren abgerissener Aufkleber.

Alexander, schreit der Vater aus dem Wohnzimmer, Alexander sieht wütend zur Tür. Wir kommen, schreit er zurück und schlägt mit der Faust auf den Tisch. Er geht hinüber, ohne Laura noch einmal anzusehen. In den hochhackigen Schuhen läuft sie hinterher.

Das Wohnzimmer ist überheizt, aber Laura kann sich nicht so schnell umgewöhnen, sie friert noch immer und hofft, dass niemand bemerkt, wie sie zittert. In der letzten Nacht ist die Temperatur auf minus fünfzehn Grad gefallen. Alexanders Mutter ist hochgewachsen und stattlich. Wenn sie, wie jetzt, neben ihrem Mann sitzt, fällt das besonders auf. Sie trägt einen Morgenmantel mit aufgestickten Pfauenaugen, spricht mit Akzent und sagt, sie sei müde. Auf dem gedeckten Tisch steht ein großer Suppentopf, in der Flüssigkeit schwimmen Stücke von Weißkohl und roten Rüben. Das ist Borschtsch, sagt Alexanders Mutter und steht auf, um Brot aus der Küche zu holen. Sie bringt vier weiße Scheiben mit, auf einem Teller. Nach dem ersten Löffel Suppe möchte Laura um Salz und Pfeffer bitten, aber sie will nicht, dass Alexanders Mutter schon wieder aufstehen muss. Sie trinken grünen Tee und Fanta Grapefruit, zwei riesige Flaschen Fanta Grapefruit stehen auf dem Tisch, eine vor Alexander und eine vor seinem Vater. Laura hat noch nie Fanta Grapefruit getrunken.

Während des Essens schweigen sie, Laura blickt in den Raum, um nicht Alexanders Vater ansehen zu müssen, wenn er das Brot in die Suppe tunkt. An den Wänden billig furnierte Schränke, aus den halb geöffneten Schubladen ragen Briefe und Ordner, in zwei Vitrinen stehen Kristallvasen und bemalte hölzerne Puppen, Laura vermutet, dass die Puppen aus Russland stammen. Der Fernseher ist groß, das Zimmer so eng, dass sie ihre Knie nicht bewegen kann, ohne an die von Alexanders Vater zu stoßen.

Ich will ihr die Fotos zeigen, sagt Alexander, seine Mutter stellt die Teller zusammen, der Vater nickt und deutet auf ein Schrankfach schräg über Laura. Alexander steigt auf seinen Stuhl, Laura sieht die nackten Füße auf dem Polster und würde sie gern berühren, aber nicht hier, vor seinen Eltern. Auf den großen Zehen wachsen dünne blonde Haare. Stell dich nicht so an, sagt Alexanders Vater. Die Alben haben Nummern, darunter stehen die Jahreszahlen, Laura liest 1976–79, 1988–90. Links geht's los, ruft Alexanders Vater. Ich weiß, sagt Alexander laut und wirft mehrere Alben auf den Tisch. Er springt vom Stuhl, nimmt hastig das erste in die Hand, schlägt es auf und blättert die Seiten um, Laura lehnt sich an seine Schulter, um besser sehen zu können. Alexanders Eltern bleiben auf ihren Plätzen sitzen, so dass die Fotos für sie auf dem Kopf stehen.

Das ist bei meiner Großmutter, sagt Alexander, auf der Krim, da kommt meine Mutter her. Wirklich?, fragt Laura. Ist doch egal, sagt er. Er sagt: Ich bin in Deutschland geboren!, obwohl sie danach gar nicht gefragt hat. Die Großmutter ist dick und hat weiße Haut. Sie färbt einer jungen Frau die Haare, im Garten, über einer Schüssel. Das ist meine Mutter, sagt Alexander. Achtet auf die Hände auf meinem Kopf, sagt die Mutter so leise, dass Laura nicht sicher ist, ob sie richtig verstanden hat.

Alexander zeigt auf einen Jungen in Schuluniform, er sagt: Die Schuleinführung, und da bin ich. Vom Gebäude der Schule kann man fast nichts erkennen. Laura fragt, wie lange Alexander in Russland gelebt hat. Nach einer Weile antwortet er: Vier Jahre, bis zur dritten Klasse. Nicht in Russland, sagt er, in der Sowjetunion.

Die meisten Fotos zeigen Alexander mit seinem Bruder. Damals war ich einen ganzen Kopf größer, mein Bruder hat immer geheult, sagt Alexander. Sobald man ihn angesprochen hat, hat er geheult! Du auch, sagt sein Vater, und Alexander schweigt. Es wird spät, die Fotos vor Lauras Augen lösen einander ab, Alexander hält sich nicht an die Reihenfolge der Alben, Laura sieht weite gleichförmige Landschaften, den Großvater beim Pfeiferauchen, die Moskauer Universität, an der sich Alexanders Eltern kennen lernten, wieder die Großmutter, Alexander als Kleinkind beim Baden in einer Emailleschüssel, Alexander auf Klassenfahrt an der tschechischen Grenze, Alexander mit seiner Familie vor dem neuen Plattenbau und im Sommerurlaub in Italien. Der Bruder ist da schon größer als er.

Alexanders Mutter ist am Tisch eingeschlafen, sie hat den Kopf auf die Arme sinken lassen und schnarcht leise und pfeifend, Alexanders Vater schüttelt die letzten Tropfen aus der Fanta-Flasche. Alexander holt neue Fotos aus dem Schrank. Laura will nach Hause, aber sie weiß nicht, ob noch ein Bus fährt, es ist fast eins, Alexander zeigt ihr die Jugendfotos seiner Mutter, die ukrainische Verwandtschaft, die Frauen ähneln sich, sind dunkeläugig und haben elegant nach unten gezogene Mundwinkel. Plötzlich hält Alexander ein Hochzeitsfoto in der Hand. Das bin ich, sagt sein Vater und zeigt auf den Bräutigam, so habe ich mal ausgesehen. Auf dem Bild hat er den Arm in einer Weise um Alexanders Mutter gelegt, dass seine Hand ihren Bauch bedeckt. Ach, sagt er jetzt, Irina hat ihren Absatz verloren beim Tanzen. Er lacht, holt eine Flasche Wodka aus dem Eisfach und schenkt ohne zu fragen drei Gläser voll. Schnapsgläser, mit einer roten Linie bei zwei und einer zweiten bei vier Zentilitern und dem Aufdruck superfest. Auf meine Hochzeit, sagt er. Sie stoßen an. Alexander steht auf. Laura, sagt er, du wirst auch eine schöne Braut sein.

Die Hecke

Mit Sonne solltest du nicht rechnen, hat Sebastian gesagt, aber warm ist es auf jeden Fall. Thomas, hat er gesagt, du fährst Ende Mai, sei bloß nicht so blöd, deine Skijacke mitzunehmen. Sebastian sitzt tausend Kilometer von mir entfernt in seinem Zimmer mit den weiß gestrichenen Dielen. Vielleicht ist es dort wärmer als hier, vielleicht habe ich den Regen vor den Fenstern unserer Wohnung versehentlich mit eingepackt, zwischen die Boxershorts, den Rasierer und meine Isomatte, und werde ihn jetzt nicht mehr los. Ich hebe abwechselnd den rechten und den linken Fuß. Ich würde gern die Socken wechseln, aber die beiden anderen Paare in der Seitentasche des Rucksacks sind noch feucht. Mit Sonne solltest du nicht rechnen, hat Sebastian gesagt, und er hat richtig getippt. Die Wolken hängen tief, sie hängen über mir und dem faulig riechenden Gras auf dem Randstreifen, hängen über dem Asphalt, den umgestürzten Zäunen, den verlassenen Hallen. Zwischen dem Unkraut liegt abgeblätterte Farbe.

Der letzte Fahrer hat mich rausgeworfen, mitten im Industrieviertel, weil er den Geruch der Lakritzschnecken nicht ertragen konnte, die ich auseinander rollte und aß. Als er mich darauf hinwies, schluckte ich hastig und stopfte die Tüte zurück in die Vorratsdose, aber es war schon zu spät. Merde, sagte der Mann und hob die Hand vor den Mund, it remembers me of my childhood. Dabei hatte ich die Lakritze nur zu essen begonnen, damit er nicht glaubte, sich mit mir unterhalten zu müssen. Sein Englisch war schlechter als meins, und Französisch habe ich nie gelernt.

Der hellblaue Opel fährt an mir vorbei, hält dann, beim Rückwärtsfahren geraten die Räder in eine Pfütze, und braunes Wasser spritzt gegen meine Jeans. Durchs Seitenfenster sehe ich, dass die Frau auf der Rückbank die Arme vor ihrer Brust verschränkt und den Kopf schüttelt. Der Fahrer muss sich selbst über den leeren Beifahrersitz beugen, um mir die Tür zu öffnen. Obwohl ich das deutsche Nummernschild erkannt habe, sage ich: Bonjour!, und erst nach dem Einsteigen, den Rucksack zwischen den Knien, füge ich hinzu: Ein Wetter ist das! Neben der Frau auf der Rückbank sitzt einer, dessen geripptes T-Shirt über der Brust spannt und Muskeln sehen lässt. Er sagt: Wir hatten ausgemacht, keine Tramper. Der Fahrer krümmt den Rücken und startet. Wir hatten ausgemacht, wer fährt, bestimmt, sagt er leise. Die Frau sagt nichts. Beim Einsteigen habe ich gesehen, dass sie rote Locken hat, ungleichmäßig kurz geschnitten, Seitenscheitel. Sie hält die Haare mit einer Spange aus der Stirn. An mehr kann ich mich nicht erinnern, und umdrehen will ich mich nicht. Das sind Annie und Lars, sagt der Fahrer, und ich bin Bert. Er hätte dort gestanden, bis die Sonne untergeht, sagt er mit einem kurzen Blick nach hinten. Welche Sonne, sagt Annie. Im ersten Moment bin ich mir nicht sicher gewesen, ob die Stimme zu ihr gehört oder zu dem Mann mit den Muskeln, so tief ist sie. Nach der nächsten Kreuzung reißen die Wolken auf, Bert greift ins Seitenfach nach einer Brille mit getönten Gläsern und schiebt sie auf seine Nase. Diese Sonne, sagt Lars, ist ja auch egal. Die Tropfen auf den Scheiben trocknen schnell, ich schiebe die Turnschuhe von den Füßen und auch die nassen Socken. Annie, Lars und Bert bringen mir Glück. Ich blicke auf Berts Hände, die das Steuer umschließen, auf die langen Finger mit den rund geschnittenen Nägeln. Annie, Lars und Bert, sage ich. Lars ist Annies Bruder, sagt Bert, damit ich Bescheid weiß.

Später wechseln Annie und Bert den Platz. Annie steckt die Spange fester ins Haar, ich lege meinen Rucksack in den Kofferraum, Lars schiebt sich neben Annie auf den Beifahrersitz. Auf der Rückbank bilden drei Anderthalbliterflaschen Wasser eine Pyramide zwischen Bert und mir. Bert hält einen Campingführer vor sein Gesicht, der Bauernhöfe verzeichnet, auf deren Grund man übernachten kann. An der nächsten Kreuzung links, sagt er, der Ort heißt Braqueville. Lars dehnt die muskulösen Arme, er gähnt und sagt: Wird auch Zeit. Hier?, fragt Annie. Lars legt seine Hand um ihren Nacken und zieht mit Zeige- und Mittelfinger an einer der roten Locken. Autsch, ruft Annie. Da ist es, sagt Bert.

Wir fahren durch ein Tor mit hohen Metalltüren, einen Schotterweg entlang, der schlauchförmige vordere Teil des Grundstücks ist keine zehn Meter breit. Die schmalen Streifen Rasen werden zur einen Seite von einer Baumreihe, zur anderen von einer hohen Hecke begrenzt. Der Fahrweg mündet in einen runden geräumigen Hof, von dessen Stallungen her ein Hund auf uns zuläuft. Der Hund bellt durchdringend, Bert hält sich die Ohren zu. Hier steige ich nicht aus, sagt er. Das ist ein Cockerspaniel, sagt Annie. Das Haus ist aus roten Steinen gebaut, in den Fenstern hängen Gardinen, ich zähle die Fenster und die Gardinen, während Lars seine Scheibe herunterkurbelt und einer aus der Tür tretenden Frau zuruft: Camping? Die Frau nickt. Tentes, ruft Lars und formt mit den Händen ein Zelt, trois personnes, deux nuits. Die Frau nickt noch einmal, zeigt auf die Rasenstreifen neben dem Schotter und geht zurück ins Haus. Es gibt acht Fenster, drei davon sind geöffnet. Macht es euch etwas aus, wenn ich auch hier zelte?, frage ich. Ich will nicht bleiben, sagt Bert. Annie sagt: Wer fährt, bestimmt. Sie legt den Rückwärtsgang ein. Der Hund springt an den Scheiben empor, eins seiner Ohren verdreht sich, innen ist es rötlich, fast violett.

Sie werden sich nicht einig. Rechts, sagt Annie. Wenn überhaupt, dann links, sagt Bert, bei den Bäumen. Links steht das Klohaus, sagt Lars und holt das Zelt aus dem Auto. Ein tarnfarbenes Vier-Mann-Tunnelzelt mit einem ausgestellten Vorzelt, Lars legt es auf der Wiese vor der Hecke aus, Bert schließt den Mund und schweigt. Er zieht sich einen Fleecepullover über und bläst der Reihe nach die Luftmatratzen auf. Ich schnüre den Schlafsack los, zerre mein orangenes Baumwollzelt aus dem Rucksack und beginne ebenfalls, die Heringe in die rissigen Gummilaschen zu stecken und in den Boden zu treten. Das Zelt ist winzig, ich kann mir kaum vorstellen, dass Mutter und Vater wirklich zusammen darin gelegen haben. Auf Tramperurlauben durch Bulgarien und Rumänien, siebzig bis dreiundsiebzig, selbst wenn es wahr wäre, wäre es dreißig Jahre her. Die Imprägnierung der Baumwolle hat nachgelassen, aber wenn Annie, Lars und Bert mir tatsächlich Glück bringen, wird es heute Nacht nicht regnen. Ich werde mich in den Schlafsack rollen, an Küsse denken, in Bergen, die ich nur von wenigen unscharfen Diaaufnahmen kenne. Wenigstens bin ich nicht zwischen diesen knarrenden Nähten gezeugt worden. Ich bin erst später geboren.

Ich stolpere über eine der straff gespannten Leinen. Annie stellt einen Kocher ins Gras, zwischen die beiden Zelte. Wir sind die einzigen Camper, wir werden die Spülbecken und das Klo nur miteinander teilen müssen. Lars liegt auf dem Beifahrersitz des Opels, stemmt die Füße gegen die Scheibe und liest in einer Zeitung. Ich habe keinen Kocher dabei, nur Mineralwasser und löslichen Orangenzusatz, der Rucksack war schnell gefüllt und schwerer als erwartet. Warum fährst du auch allein, hat Sebastian gesagt. Mitkommen wollte er nicht.

Ich kann den Kaffee riechen, den Annie aufgießt, türkisch, drei große Tassen. Bert öffnet und schließt den Kofferraum und kommt mit einer unterarmlangen Salami zurück, er stellt sich neben mich, hält mir die Wurst hin und fragt: Willst du? Annie wirft ihm ein Küchenmesser zu, das ins Gras fällt, weil

Bert erschrocken zur Seite weicht. Ich hebe das Messer auf und löse die mehlige Pelle, in der Salami sind große Fettstücke. Annie bringt Lars Kaffee, zwischen T-Shirt und Trekkinghose ist ihre hellbraune glatte Haut zu sehen, dann geht sie mit einer Rolle Klopapier in der Hand zu dem Häuschen auf der anderen Seite des Schotterwegs. Als sie an Bert und mir vorbeiläuft, greift sie zum Bund und zieht die Hose nach oben. Annie und ich sind schon seit zwei Jahren zusammen, sagt Bert und blickt ihr nach. Ich habe ihr einen Ring gekauft, sagt er. Der Hund riecht die Wurst und stößt die Schnauze in Berts Kniekehlen, aber Bert sagt: Geh weg, ich mag keine Hunde.

Die Hecke wirft einen schwarzen Schatten. Ich stelle mir vor, dass Bert Klavier spielt, Klavier oder Flöte, vielleicht auch Geige, dass er hohe Töne bevorzugt, die zittern und sich durch die Melodien hindurchbalancieren. Seine Finger bewegen sich ständig, sein Blick ist auf den Boden oder zur Seite gerichtet. Annie, die wie Bert und Lars auf einem Campinghocker sitzt, schaut in den Spaghettitopf. Das Wasser brodelt, die Pfanne mit der Soße steht im Gras, jemand hat ein Küchenhandtuch drübergelegt. Mit Thymian und schwarzem Pfeffer hat Lars die pürierten Tomaten gewürzt, mit Paprika und Basilikum. Scharf und aromatisch, hat er gesagt. In meinem Rucksack sind noch ein Tetrapak Milch und eine Tüte Erdbeerkaltschale mit der Aufschrift: Einrühren und genießen. Ich friere, sagt Bert. Wenn Lars die Hand von Annies Schenkel nimmt, bevor ich bis zehn gezählt habe, lassen sie mich mitessen. Ich habe seit Tagen nichts Warmes im Magen gehabt und bin in der Lage, für einen Nachtisch zu sorgen. Die Erdbeerkaltschale ist mit Vitaminen angereichert, Vitamine sind lebensnotwendig, wenn man im Freien übernachtet, aber obwohl ich bis zwanzig zähle statt nur bis zehn, nimmt Lars die Hand erst weg, als Annie ihm seinen Teller hinhält.

Ich gehe aufs Klo, stelle mich vor das niedrige Becken ohne Brille und Deckel und presse ein paar Tropfen heraus, damit ich nicht weiter zusehen muss, wie Annie, Lars und Bert die dampfenden Teller auf ihren Oberschenkeln hin- und herschieben. Als ich zurückkomme, ist das Essen noch immer zu heiß. Annie bläst über ihre Spaghetti, Bert legt den Kopf auf die Seite und pustet ebenfalls gegen den Berg auf Annies Teller. Ich nehme die Gurke und einen Rest breit gelaufenen Käse aus meiner Vorratsdose, aber plötzlich sagt Lars: Da sind noch Nudeln. Bert streckt den Rücken und schlägt die Fingerknöchel gegeneinander, Lars beginnt schweigend zu essen, Bert bietet mir seinen Campinghocker an. Ich kann sowieso nicht stillsitzen, sagt er. Er steht auf, dreht die Spaghetti um seine Gabel und ruft: Vielleicht bleiben wir doch keine zweite Nacht. Wir bleiben, sagt Annie. Ich ziehe den Campinghocker zu mir heran. Danke für das Essen, sage ich. Lars sagt: Mir gefällt es hier.

Die Hecke sorgt dafür, dass wir im Halbdunkel sitzen, obwohl die Sonne noch über den Feldern liegen muss. Ich weiß nicht, was für eine Pflanze das ist, dunkle fleischige Blätter, ich muss an Lanzenspitzen denken, bis zur Höhe von vier oder mehr Metern sind die Zweige dicht miteinander verflochten. Vom Nachbargrundstück kann man nichts erkennen. In der Grünanlage neben dem Haus von Sebastians Eltern wächst etwas, das ähnlich aussieht, mir aber kaum an die Knie reicht. Ich sehe Annie, Lars und Bert an und frage: Habt ihr schon so eine Hecke gesehen? Spielst du nachher mit Boule, fragt Bert leise und deutet eine Kniebeuge an, wir spielen immer Boule nach dem Essen.

Später liegen die Kugeln noch auf dem Weg, und Bert sagt: Annie ist eine tolle Frau. Er stellt zwei Campinghocker ins Gras neben dem Klohäuschen und winkt mir, bis ich hinübergehe. Warum hier?, frage ich. Nur so, antwortet er und schlägt mit der linken Hand auf den durchhängenden, marineblau gestreiften Leinensitz. Ich frage: Spielst du Flöte? Oboe, sagt er, woher weißt du das. Nur so, sage ich.

Annie und Lars spielen Schach. Der Wind geht durch die Hecke, irgendwo muss es Tauben geben, sie gurren. Annie lacht hell auf und fegt mit Schwung eine weiße Figur vom Brett. Das Brett steht auf einem umgedrehten Kasten aus Kunststoff. Lars kniet im Gras, ich glaube, es ist sein Hocker, auf dem ich sitze. Seine Haare sind so kurz, dass es aussieht, als hätte er eine Glatze. Berts Haare sind viel länger, aber ich sehe trotzdem, dass er derjenige ist, der kahl wird. Ich stelle mir Bert und Annie in einer gemeinsamen Wohnung vor, mit einem einzigen großen Bett. Als ich auf dem Klo war, habe ich bemerkt, dass Annie eine Rolle Küchenkrepp neben die Spülbecken gestellt hat, das Papier mit Tannenbäumen bedruckt. Ich werde müde, sobald ich an Betten denke, trotzdem stelle ich mir ständig welche vor, ich schlafe schlecht, seit ich unterwegs bin, durch die Isomatte hindurch spüre ich jeden Kiesel. Es gibt hier viele Kiesel und viele Mücken. Weder vor dem einen noch vor dem anderen hat mich Sebastian gewarnt. Vielleicht wollte er einfach zwei Wochen lang unsere Wohnung für sich haben, vielleicht hat er Besuch, vielleicht liegt gerade jetzt eine Frau in seinem Bett. Lars' Lachen klingt dem von Annie sehr ähnlich, man hört, dass sie Geschwister sind. Geht es gut mit dir und Annie?, frage ich Bert. Klar, sagt er, Annie ist eine tolle Frau.

Als es dunkel wird und über der Hecke der Mond aufgeht, kommen die Mücken, obwohl es weit und breit kein Wasser gibt. Bert holt Wein und eine Flasche Calvados aus dem Auto, dazu zwei Keramikbecher, auf denen Möwen über ein Meer gleiten. Er will mit mir darauf anstoßen, dass wir uns getroffen haben. Annie zündet vier dicke Kerzen an und verteilt sie um das Schachbrett herum im Gras. Die Mücken tanzen um die Flammen, Bert schlägt sich auf die Beine und ins Gesicht. Ich habe süßes Blut, sagt er so laut, dass es auch Annie hört und lacht. Ich hatte immer süßes Blut, sagt er, schon als Kind. Annie lacht wieder und holt aus der Unterschenkeltasche ihrer Trekkinghose eine Schachtel f6, steckt erst Lars und dann sich eine Zigarette in den Mund und zündet sie mit einem Streichholz an. Lars schreit: Jetzt!, und er und Annie stehen auf, paffen und blasen den Rauch in die Mückenschwärme hinein. Sie blasen ihn über das Schachbrett, bringen die Kerzenflammen zum Flackern, springen über den Schotterweg wie über einen Bach und räuchern auch Bert und mich von oben bis unten ein. Das ist das Einzige, was hilft, sagt Annie. Pass auf, sagt Bert, dass dir nicht schlecht wird. Ich muss husten, als Lars mir den Rauch direkt ins Gesicht bläst. Mein Wollpullover nimmt den beißenden Geruch an, auch meine Haare, der Schweiß auf meiner Haut. Es ist kalt, trotzdem schwitze ich. Noch eine?, fragt Annie. Noch eine, sagt Lars. Bert nimmt Annie die Zigarette aus dem Mund und zieht ihren Kopf zu sich herunter. Jetzt nicht, sagt Annie, ich kümmere mich um die Mücken. Bitte, sagt Bert, aber Annie richtet sich auf. Nichtraucher?, fragt Lars, weil ich schon wieder huste. Ich erinnere mich daran, wie Annie Bert geküsst hat, nach der zweiten Runde Boule. In der Hecke sind Tiere, es raschelt. Bert greift nach seinem Becher und trinkt den Wein in einem Zug aus. Es ist Rotwein, ein Merlot, Bert hat beim Öffnen den Korken ganz durchbohrt, so dass ich nach jedem Schluck Brösel im Mund habe. Ich spüre sie auf der Zunge. Lars scheint nicht zu frieren, er trägt noch immer nur das weiße enge T-Shirt. Sein Nacken wölbt sich. Nichtraucher?, fragt er noch einmal. Aufgehört, sage ich. Sebastian und ich haben gleichzeitig aufgehört. Ehrensache, hat er gesagt, schließlich haben wir auch zusammen angefangen.

Nach der zweiten Runde Boule hat Annie Bert geküsst und Lars eine Nase gedreht, wobei sie sich mit der Zunge über die Lippen gefahren ist. Sie trägt keinen Lippenstift. Wir spielten um Geld und hatten deshalb die Gruppen ausgelost. Mit dem richtigen Einsatz macht es mehr Spaß, sagte Lars und ließ die Münzen in seiner Hosentasche klimpern. Ich spielte mit ihm gegen Annie und Bert. Bert war der beste Spieler, trotzdem wirkte er nervös, ließ die Kugeln fallen und nahm sich wenig Zeit. Die Kugeln mit den einander überschneidenden Linien darauf gehören Lars, der immer wieder sagte, er werfe nur deshalb so schlecht, weil wir keine richtige Boulebahn hätten. Wir spielten auf dem Weg. Nur auf einer richtigen Bahn macht es Spaß, sagte Lars. Meine Kugel rollte auf die Holzmurmel zu, wurde von einem Stein abgelenkt und landete am Rand der Grasnarbe. Lars versuchte, was er häufig tat, Annies nah bei der Murmel liegende Kugel wegzuschlagen, traf aber nicht. Das liegt alles an der Bahn, sagte er. Berts Kugel wurde vom selben Stein abgelenkt wie meine und rollte zu schnell aus. Es war der erste schlechte Wurf von Bert, und Annie hob die Augenbrauen. Bert zog den Reißverschluss seines Fleecepullovers hoch und runter. Das liegt alles an der Hecke, sagte er leise. Annie hatte ihn gehört und lachte.

Annie und Bert gewannen das erste Spiel mit zwanzig zu sechzehn und das zweite mit einundzwanzig zu zwölf. Lars warf eine der Boulekugeln nach dem Cockerspaniel, der auswich, jaulte und dann versuchte, die Kugel zu apportieren. Annie sprang auf der Stelle, ließ sich von mir den Gewinn auszahlen, küsste Bert auf den Mund und drehte Lars eine Nase. Bert hielt Annie fest, verschränkte in ihrem Nacken die Hände, bis seine Knöchel hervortraten, und Lars und ich sahen zu, wie er ihr die Zunge in den Mund steckte und damit an der Innenseite ihrer Wange entlangfuhr. Annie ließ das Geld aus der Hand in die Hosentasche rutschen.

Nach fünf Bechern Wein ist Bert betrunken. Die Hecke steht schwarz vor dem Himmel. Annie und Lars treten die Zigaretten aus und gehen spazieren. Sie fragen Bert und mich, ob wir mitkommen, aber als Bert aufstehen will, schwankt er. Ein Käuzchen schreit, Annie sagt: Gleich kommt der Mörder!, und Lars greift nach ihrer Hand. Sie gehen Seite an Seite durchs Tor, überqueren die Straße. Ein paar Hunde schlagen an.

Das liegt alles an der Hecke, sagt Bert. Er starrt ins Gras, und ich achte darauf, dass er mit seinen zuckenden Füßen nicht eine der Flaschen umstößt. Der Calvados schmeckt scharf wie Cognac, ich spüre die Hitze im Hals. Bert sagt, er habe vom ersten Moment an gewusst, dass wir an einen schlechten Ort geraten seien. Die Hecke lasse nichts hinein und nichts hinaus. Da muss man doch Angst bekommen, sagt Bert, wir drehen uns im Kreis.

Die Hunde hören auf zu bellen, Annie und Lars werden das Dorf verlassen haben. Sie werden die Straße entlanggehen, an den Kühen vorbei, die bei unserer Ankunft grasend hinter den Elektrozäunen gestanden haben. Vor dem Tor ist es hell, obwohl es keine Laternen gibt. Nur Bert und ich sitzen im Dunkeln, die Kerzen flackern. Der Cockerspaniel ist im Haus verschwunden, der Mond hat einen schwachen Hof. Man muss doch übers Land schauen können, ruft Bert, wer pflanzt denn hier so eine Hecke. Plötzlich beginnt er zu weinen. Annie ist eine tolle Frau, sagt er. Die Tränen laufen an seiner Nase herunter, im Kerzenschein sehe ich sein rotes Gesicht. Er sagt: Und sie liebt mich. Diese Scheißhecke, sagt er. Er streckt die Arme aus, um sie mir um die Schultern zu legen, der Schwung reißt ihn nach vorn, und ich fange ihn auf. Er muss husten. Er legt den Kopf an meine Knie, die nassen Wangen. Du verstehst mich, sagt er. Ich sage: Gestern war ich in einer Kirche, zwischen den Säulen flog eine Taube herum. Bert muss wieder husten, dann springt er auf und greift nach dem Küchenmesser, das vor seinem Hocker auf dem Rasen liegt, neben der fahl leuchtenden Salami. Er stürzt auf die Hecke zu, geht vor ihr in die Knie und greift in das Gewirr der Blätter hinein. Ein Vogel fliegt auf, und Bert beginnt, mit dem Küchenmesser an einem der Stämme herumzuschneiden. Er schreit: Ich kappe das Gestrüpp. Ich nehme eine Kerze und gehe zu ihm hinüber, er schabt schmale Späne vom Holz, streckt die linke Hand aus und hält sich an mir fest. Plötzlich rutscht das Messer ab, Bert schreit auf und sticht wild auf die Blätter ein. Sie sind von einer Wachsschicht überzogen, die die Klinge abgleiten lässt, bis Bert schlecht wird und er das Messer zur Seite wirft. Er kniet und hält sich die Hand vor den Mund, würgt trocken. Seine Augen sind weiß. Ich stelle die Kerze ab. Leg dich hin, sage ich. Er bleibt regungslos sitzen, die Hose spannt über den Oberschenkeln, einen Arm hat er auf den Magen gelegt. Er hustet.

Wir sitzen im Gras, direkt vor der Hecke, deren Blätter der Wind bewegt. Im feuchten Gras, meine dünngewaschenen Jeans saugen die Nässe auf. Ich denke an den Calvados, der bei den Campinghockern steht, und Bert schließt die Augen und sagt nichts. Seine Lippen zittern. Dann steht er auf und stolpert hinüber zum Klohäuschen.

Sebastian habe ich kein einziges Mal betrunken erlebt. Er trinkt Bier, aber nie mehr als drei Flaschen, und man merkt ihm nichts an. Weder lacht er öfter als sonst, noch blickt er gegen irgendwelche Wände, er ist wie immer, stößt nie an den Kühlschrank oder die Spüle und antwortet auf alle Fragen. Obwohl ich weiß, dass er den Kopf schütteln und es nicht anrühren wird, stelle ich ihm fast immer ein viertes Bier hin. Was kann passieren, sage ich. Nach der dritten Flasche schmeckt es nicht mehr, sagt Sebastian. Oder er antwortet: Darum geht es nicht.

Sebastian versteht nicht, worum es geht. Ich warte eine Weile und folge Bert dann zum Klohäuschen, durch dessen halb geöffnete Tür grünliches Licht fällt. In dem Licht schwirren Falter umher. Ich rufe: Eine Fledermaus!, obwohl ich keine gesehen habe. Aber Bert soll wissen, dass ich komme. Ich bin mir nicht sicher, ob es hier Fledermäuse gibt. Die Tür knarrt.

Bert steht vor einem der Spülbecken. Seine Hose hängt in den Kniekehlen, und er hält seinen Schwanz in der Hand.

Schwanz ist Sebastians Wort dafür. Als ich Bert sehe, muss ich wieder an Sebastian denken und daran, wie sich das Wort bei ihm anhört. Nimm den Schwanz aus der Schüssel, ruft er, wenn er vorm Bad steht und wartet. Schwanz aus der Schüssel, ich muss auch mal!

Bert hält seinen Schwanz über das Becken und reibt ihn, aber es tut sich nichts. Ich bleibe stehen und sehe zu. Ich bin mir nicht sicher, ob er mich bemerkt hat. Er drückt und zieht, seine Hände sind schnell, die Finger beweglich, ich räuspere mich. Er reagiert nicht, starrt nach unten. Ich starre auch. Ohne es zu wollen, sage ich: Das ist doch keine Oboe. Lass mich, sagt Bert, hält dann aber inne. Sein Schwanz ist rot und liegt in seinen Händen. Bert sagt: Annie hasst es, wenn ich betrunken bin. Ich will ihm antworten, dass das kein Wunder ist. Vielleicht bekomme ich eine Erkältung, ich habe nasse Füße, plötzlich geht die Tür auf, und Annie steht zwischen uns. Hallo, sage ich.

Ihre Wangen sind rosa, im Neonlicht glänzen die Augen unter den Wimpern wie Fischflossen. Annie sieht aus, als wäre sie lange und schnell gelaufen, als hätte Lars mit einer Stoppuhr die Zeit genommen, eine zufrieden stellende Zeit. Die Hunde im Dorf haben nicht gebellt, oder ich habe ihr Bellen nicht gehört. Bert zieht seinen Slip hoch und schließt den Reißverschluss der Hose, dann den messingfarbenen Knopf. Der Slip ist ihm zu eng. Etwas zittert, es sind die Haare über seinen Augen. Das liegt alles an der Hecke, sagt er. Zeig mir nicht deinen Charakter, sagt Annie, dreht sich um und geht zurück nach draußen. Die Kofferraumklappe des Opels wird geöffnet und wieder geschlossen. Die Reißverschlüsse am Zelt klemmen, jemand flucht. Bert sagt mit der Stimme eines Radiosprechers: Annie ist –. Ja, sage ich, eine tolle Frau.

Bevor ich in mein eigenes Zelt krieche, fliegt über den Himmel ein Tier, das tatsächlich eine Fledermaus sein könnte. Hätte ich besser hingesehen, wäre ich mir jetzt sicher. Der klamme Schlafsack wärmt nicht, und mein Hals ist rau.

Ich wache auf, als es hell wird. Ich kann meine Uhr nicht finden, weder im Rucksack noch neben der Isomatte, ich fahre mit den Händen über das knisternde Plastikgeflecht des Zeltbodens. Es muss früh am Morgen sein, wahrscheinlich nicht einmal sieben. Als ich mit dem Kopf gegen die Leinwand stoße, fallen Tropfen auf meinen Schlafsack. Ich hocke mich hin und öffne den Reißverschluss des Eingangs. Draußen strecke ich die Knie.

In den Spinnweben zwischen den Blättern der Hecke hängt Tau, die Zelte sind nass, vom Opel perlt das Wasser. Zwischen ihm und dem tarnfarbenen Vier-Mann-Zelt liegt Bert. Er liegt auf dem Rücken, auf einer dünnen silbernen Isomatte, Arme und Beine von sich gestreckt, die Füße noch in den klobigen Bergstiefeln, an den Händen Wollhandschuhe ohne Finger. Seine Haare bedecken die Stirn in feuchten Strähnen. Ich gehe ein paar Schritte und sehe auf ihn hinunter. Er atmet. Bert?, frage ich. Alles in Ordnung, sagt er, ohne die Augen zu öffnen. Lass mir heißes Wasser übrig, sagt er. Vom Hof her läuft der Cockerspaniel auf uns zu. Er wedelt mit dem Schwanz und leckt, als er herangekommen ist, den Tau von Berts Ohren. Im Vier-Mann-Zelt schnarcht jemand, ich kann nicht sagen, wer. Vielleicht ist das Schnarchen von Annie und Lars sich so ähnlich wie ihre Stimmen oder ihr Lachen.

Heißes Wasser. Meine Seife ist nur noch ein Rest und riecht nach Apfel, obwohl auf der Packung Melone stand. Auf meinem Bauch sammelt sich Schaum. Ich spüle ihn fort. Die Dusche befindet sich in einem Verschlag neben dem Haupthaus. Ich bin über den Hof gegangen, habe den Riegel hinter mir zugeschoben und mich ausgezogen. Meine Sachen liegen auf einem ausrangierten Gartenstuhl, die Schuhe stehen davor, nebeneinander. Das Dach des Verschlags ist aus durchsichtigem gewelltem Plastik, so dass die Sonne auf meine Haut fällt. Ich lasse das Wasser laufen und blicke nach oben. Eine Taube läuft übers Dach, ich erkenne den schweren Körper und das Rucken des Kopfes. Ich muss an die Taube denken, die ich gesehen habe, in der gotischen Kirche. Sie flog zwischen den Säulen und Emporen umher, bis unter das Dach, streifte beinahe meinen Kopf, ich spürte den Luftzug in meinen Haaren. Es gab keinen anderen Ein- und Ausgang als die winzige Seitentür, die sich hinter jedem Besucher schnell und krachend schloss. Ich studierte den Reiseführer und die geschnitzten Bänke im Chor, schaute mir die Durchbrüche in den Blütenmustern an. Die Taube würde verhungern und auf den Sandstein fallen.

Ich denke an meinen Rucksack, den ich packen werde. Die Seife rutscht aus meiner Hand und verschwindet im Abfluss. Ich könnte Sebastian anrufen. Ich habe etwas verloren. Ich könnte deutlich werden. Das Wasser ist heiß, und ich spüle alles fort.

Doch Schnee

Lisa weigert sich, den Engel zu spielen. Kein Weihrauch, keine Goldborte. Als Jana die Wohnungstür aufschließt, knallt sie gerade die Plastikschale des Käfigs auf die Flurdielen und verschwindet in ihrem Zimmer. Der Flur ist noch größer, als Jana ihn in Erinnerung hatte, es riecht nach Kaninchenkötteln und Lebkuchen. In Lisas Zimmer wird die Anlage aufgedreht, irgendjemand singt Yeah, immer wieder Yeah. Eine Jungenstimme, viel zu sauber, als dass sie zu Lisa passen würde. Eine Stimme wie ein Babyhintern. Der Vater kommt aus der Küche, ein nasses fleckiges Tuch über der Schulter. Er nimmt Jana die Reisetasche aus der Hand, stellt sie neben das Schuhregal, in dem die Paare kreuz und quer liegen. Jana umarmt ihn und denkt, dass er alt aussieht. Sie weiß nicht, ob es ihre Aufgabe ist, ihm das zu sagen. Sprich mit deiner Schwester, sagt er, sie hat sich so auf dich gefreut. Er sagt: Ich weiß auch nicht, was jetzt schon wieder los ist.

Das Kaninchen hockt unter dem Käfiggitter, direkt auf dem gelben Linoleum in der Küche. Sie lockt es mit den Fingern, aber es bewegt sich nicht. Als dem Vater ein Glas aus der Hand rutscht, flucht er, und das Kaninchen zuckt. Lass mich das machen, sagt Jana. Da bist du schon mal da, sagt er, und musst gleich abwaschen, so weit kommt es noch. Er sammelt die Scherben aus dem Becken und lässt vorsichtig das Wasser ab. Sie steht auf, holt alte Zeitungen aus der Speisekammer und das Käfigunterteil aus dem Flur, in einer der Ecken ist das Plastik verfärbt und aufgeraut. Über die Zeitungen kommt Streu, eine dicke Schicht. Armes Häschen bist so krank, sagt sie. Ach, sagt der Vater, dem geht es doch am besten von uns allen. Häschen hüpf. Das Kaninchen springt im Käfig hin und her, dreht sich in der Luft, dabei zittern die Hinterläufe. Jana schließt die Klappe wieder, füllt den Trinkbehälter mit frischem Leitungswasser und hängt ihn zwischen die Gitterstäbe. Morgen kommst du in die Röhre, sagt sie. Es ist ein alter Witz, der Vater lacht trotzdem, und das Tier sieht sie aufmerksam an, bis sie ihm einen Stängel Petersilie hinhält. Na, sagt sie, nimm schon.

Komm rein, ruft Lisa. Jana öffnet die Tür, die nur einen Spaltbreit aufgeht, und schiebt sich ins Zimmer. Yeah, denkt sie. Sag lieber nichts, flüstert Lisa und schaltet die Anlage aus. Sie trägt eine grüne geringelte Strumpfhose, darüber ein Bikiniunterteil aus Synthetikstoff, mit großen braunen Blumen bedruckt, und an den Füßen grobe Wollsocken. Das T-Shirt lässt den Bauch frei. Lisa kämmt sich die Haare aus, vor dem großen Spiegel, sie sind lang geworden. Sind immer noch heller als Janas. Ihre Lippen sind angemalt, die Nägel lackiert, die rechte Hand rot, die linke farblos. Frohe Weihnachten, sagt Jana. Lisa grinst. Dito, sagt sie, wedelt mit dem Kamm. Jana fragt, ob sie das Fenster öffnen darf. Sie setzt die Füße vorsichtig zwischen die durcheinander geworfenen Bücher, Zeitschriften, CDs und Kleidungsstücke. An den Wänden sind die Haufen höher, Handtücher, Papprollen, die Puppenwiege, die Lisa nie ausgemistet hat, mit den alten Puppen darin. Benutzte Taschentücher, halb volle Flaschen, Alupäckchen und Dosen mit vergammelten Broten. Chipstüten, Unmengen von Chipstüten, die unter den Füßen knistern. Schulzeug, Mappen und Hefter. Jana schiebt mit der Hand einen Platz frei, setzt sich aufs Fensterbrett. Na?, fragt sie. Geht so, sagt Lisa. Sie lässt den Kamm fallen, legt prüfend die Hände unter die Brüste. Sie krempelt das T-Shirt hoch, dreht den Oberkörper und stöhnt. Findest du, fragt sie, dass sie zu klein sind? Jana findet Lisas Brüste perfekt. Wenn Lisa nicht ihre Schwester wäre, würde sie sich viel mehr wünschen, als auf dem Fensterbrett sitzen bleiben zu dürfen. Corinna lacht mich aus, sagt Lisa, ihre sind riesig. Sag ihr doch, dass du froh bist, nicht solche Monstertitten zu haben, schlägt Jana vor. Lisa kichert.

Der Baum steht auf dem Balkon, seine Äste werden von einem dünnen Netz zusammengehalten. Eine Fichte. Es hat noch immer nicht geschneit. Jana fragt: Vati, soll ich das Schmücken übernehmen?, und er nickt. Ist schon Mittag durch, sagt er, sonst bescheren wir wieder erst um neun. Er geht den Ständer suchen, findet ihn auf dem Boden, nicht wie vermutet im Keller. Jana stellt den Fernseher an, ohne Ton, ein tschechischer Märchenfilm läuft, immer laufen diese tschechischen Märchenfilme, um Weihnachten herum, wenn sie zu Hause ist, eine Haselnuss fällt zu Boden und springt auf. Der Vater schlägt mit dem Beil Späne vom Stamm, um ihn passend zu machen, Jana holt die Kugeln, farblos und rund, und fädelt Sattlergarn durch die Aufhänger. Sie tragen den Baum vom Balkon ins Wohnzimmer, bekommen ihn kaum durch die Tür. Jana biegt die Äste nach unten. Er wird umfallen, sagt sie, da muss ein Eimer Wasser daneben, mindestens einer. Obwohl: Eine Weihnachtsfichte, die wie eine Fackel brennt, brächte vielleicht Licht in ein paar Dinge. Sie wissen nicht, wohin, in die übliche Ecke passt der Baum nicht hinein, viel zu groß ist er, sie werden eine der Verbindungstüren zustellen müssen. Vor die Schlafzimmertür, sagt Jana, das sieht bestimmt gut aus, zwischen den Schränken. Sie denkt an die alten Aufnahmen, Großmutters Weihnachtsbaum, und Lisa, die darunter liegt und schläft, beide Daumen im Mund. Da muss ich doch dauernd durch, sagt der Vater und schlägt die Tür zu Lisas Zimmer vor, aber Jana meint, dass man auch durch den Flur ins Schlafzimmer gehen kann, wie oft muss man schon ins

Schlafzimmer, über den Tag verteilt. Lass es uns ausprobieren, sagt sie, als er den Baum so abrupt loslässt, dass ihr die Zweige ins Gesicht schlagen. Du bist auch schon so, schreit er plötzlich, alles nach deinem Willen. Er geht in die Küche zurück, sie greift nach dem Stamm, vom Nacken aus rutschen ihr Nadeln den Rücken hinunter, verhaken sich im Unterhemd. Sie ruft nach Lisa und trägt gemeinsam mit ihr den Baum vor das Klavier. Hier wird er wenigstens nicht umfallen. Er kann doch einmal sagen, dass er einen Fehler gemacht hat, sagt Lisa: Warum kann er nicht einmal sagen, dass er einen zu großen Baum gekauft hat. Über den Bildschirm reitet Aschenbrödel, mit glänzendem Gesicht und einem Diadem auf dem Kopf. Lisa ruft: Das ist mein Lieblingsfilm. Sie hockt sich in einen der Sessel. Ihre Haare hat sie auf der linken Seite gescheitelt und zu mehreren schmalen Zöpfen geflochten. Jana fragt, was sie sich wünscht auf dem Baum, außer den Kugeln. Sie selbst hat keine Idee, Kerzen natürlich, Lametta? Ich will überhaupt keinen Baum, sagt Lisa, ich will überhaupt kein Weihnachten, sagt sie, lasst mich doch alle in Ruhe. Jana stellt sich ans Fenster. Sie wohnen im ersten Stock. Im Apfelbaum hängen zwar keine Blätter mehr, aber noch Äpfel, runzlig und rot. In dem Film gibt es weitere Haselnüsse, Lisa bleibt vor dem Fernseher sitzen und schaltet den Ton zu, beim Körnerlesen singt das Aschenbrödel. Gleich kommt der Prinz, ruft Lisa, der sieht so blöd aus. Jana glaubt nicht, dass es einen Ort gibt, an dem sie jetzt lieber wäre, darum geht es nicht. Sie muss lachen, weil der Film dreißig Jahre alt ist und der Prinz tatsächlich blöd aussieht. Lisa kreischt über seine alberne Gymnastikhose. Den würde ich nicht geschenkt nehmen, schreit sie.

Er sagt: Ich weiß nicht mehr, was ich machen soll. Jana legt die übrig gebliebenen Plätzchen zurück in die Dose und isst das letzte Stück Stollen im Stehen. Ich meine, sagt er, sie wird bald achtzehn. Sie schluckt die Rosinen hinunter, sieht die schuppige Haut auf seinen Handrücken. Er blickt nicht auf, räumt das saubere Geschirr in den Schrank. Ich weiß, was du denkst, sagt er, aber damit hat das nichts zu tun, sie war ja schon vorher so, deshalb ist doch alles so gekommen. Dieses Zimmer, sagt er, manchmal räume ich die verschimmelten Sachen raus, wenigstens das, aber merken darf sie es nicht, sie hat Launen wie mit zwölf, und was in der Schule ist, weiß ich schon lange nicht mehr. Du hast keine Ahnung, sagt er, sie sitzt den ganzen Nachmittag und sieht diese Serien und schafft es nicht mal, ihre Schüsseln und Gläser zurück in die Küche zu tragen. Wenn übermorgen Ingrid und Wolfgang kommen – ich glaube nicht, dass sie diese Bikinihose ausziehen wird, was meinst du? Er sagt: Ach Jana. Sie stellt die Blechdose in die Speisekammer. Vor seiner Schwester braucht er sich eigentlich nicht zu schämen. Immerhin hat Lisa gebacken, sagt sie. Plätzchen mit Zimt und Mandeln, ausgestochen zu Bäumen, Monden, Glocken. Der Vater sieht sie bloß an. Er hat sich nicht umgezogen. Als gehörte das Kaffeetrinken noch nicht zu Weihnachten, trägt er seine alte armeegrüne Baumwollhose, vielleicht will er noch saugen oder Staub wischen. Wie geht es dir eigentlich?, fragt Jana. Ich komme schon klar, sagt er und rückt die Butterdose parallel zum Schneidebrett. Es gehe ja nicht um ihn, sondern um Lisa. Jana sagt: Sie will eben, dass alles so bleibt, wie es war, dass sich nichts verändert, vielleicht will sie eigentlich noch einen Weihnachtsmann, Spielzeug am Baum und Klavier spielen, während wir singen, alle zusammen, und den Baum will sie jedes Jahr an der gleichen Stelle stehen haben. Er sagt: Entschuldige wegen vorhin, wegen dem Baum, das war nicht so gemeint. Komm mal her, sagt er. Sie nimmt das Paket mit dem Sauerkraut von der Anrichte und schneidet es auf, Schmalz erhitzen, denkt sie, Zwiebeln andünsten. Weißwein, Lorbeerblatt, Nelken. Sie sucht nach der Kasserolle. Er hält ihr von hinten die Arme fest. Das Kaninchen springt durch den Käfig und wirft mit den Hinterläufen das Stroh nach draußen. Deine Hände, sagt

Jana mit einem Blick nach unten, die musst du dringend eincremen. Er lacht und sagt: Sieht wirklich schön aus, der Baum, hast du gut gemacht, aber irgendetwas fehlt noch, oder? Natürlich, denkt sie, etwas fehlt. Wie er das wieder gesagt hat.

Lisa steht auf dem Balkon und ruft ihr zu, was um alles in der Welt sie da mache. Komm runter da, schreit sie. Das Schlafzimmerfenster fliegt auf. Papa, sieh dir das an, ruft Lisa. Jana, sagt er, spinnst du? Sie konzentriert sich auf die Sohlen der Turnschuhe, auf die schuppenförmig abblätternde Rinde und ihre Hände. Es dauert doch nur eine Minute. Sie steigt noch einen Ast höher und greift nach dem ersten Apfel. Von der Mauer aus war es leicht, auf den Baum zu kommen. Ihre Finger sind klamm, sie hat sich nichts übergezogen, sammelt die kleinen Äpfel in die Bauchtasche des Sweatshirts. Sieben sind es, rot und hart. Vielleicht sind sie gefroren, Jana hat keine Ahnung, wie kalt es ist. Jedenfalls schneit es nicht, obwohl alle von weißen Weihnachten geredet haben, der Wetterbericht hat es versprochen, aber wo soll das noch herkommen, jetzt, es ist ja schon Nachmittag.

Sie machen sich gut auf den grünen Nadeln, die kleinen Äpfel. Vorsichtig legt Jana den letzten in die Gabelung neben einer Kerze. Lisa, sagt sie, lass doch los. Lisa hat die Arme um ihre Rippen geschlungen und presst sich an ihren Rücken. Sie lässt sich bei jeder Bewegung mitzerren. Mach das nie wieder, schluchzt sie, da hätte sonst was passieren können. Jana tritt einen Schritt zurück und auf Lisas Fuß. So, ruft sie in die Wohnung hinein, wer jetzt noch sagt, hier fehlt was, ist selbst schuld. Lisa lässt ihren Bauch los.

Lorbeerblatt, Weißwein. Nelken, und ausgerechnet die sind im Gewürzregal nicht zu finden. Vati, sagt sie, haben wir keine Nelken? Er fegt gerade den Staub auf dem Boden zusammen, die Krümel der letzten Tage, Büroklammern und Lisas ausgeleierte Haargummis, die sie in die Ecken wirft. Nein, sie haben nicht darüber gesprochen, wer für was zuständig ist. Dieses Jahr ist alles anders. Sie haben nicht gesagt, du machst dies und ich das. Trotzdem war klar, dass Jana fürs Abendessen verantwortlich ist, denn zumindest das soll schmecken wie immer. Sie essen nach schlesischer Tradition, das kommt von den Großeltern her, beiderseits. Kassler, ursprünglich Rauchfleisch, aber so fett darf der Vater nicht mehr essen, Kassler also und Weißwürste, Mehlsoße, Brot und Sauerkraut. Sauerkraut, das traut er sich nicht zu, darüber musste man nicht reden. Jana kocht also. Aber jetzt fehlen die Nelken, weil sie ihm nicht gesagt hat, dass er welche besorgen soll. Zum ersten Mal hat sie Lust, alles hinzuschmeißen, das Sauerkraut hinzuschmeißen, diesen ganzen Heiligen Abend und diese ganze heilige Familie. Zurückzufahren, die Züge gehen jede Stunde, vielleicht in ihrer Eckkneipe zu feiern. Laut und unverbindlich. Oder die Nummer zu wählen, die ihr vor vier Wochen ins Portemonnaie gesteckt wurde, für Notfälle, wie es hieß. Diese Nummer im Portemonnaie, das ist schon der Notfall.

Jana nimmt eine Gabel rohes Kraut und kaut darauf herum. Der saure Geschmack fährt ihr in die Zähne. Sie denkt an Lisa. Macht nichts, Vati, sagt sie, ich nehme Wacholderbeeren. Er sieht unsicher aus, mit dem Handfeger vor dem Bauch. Von den Borsten hängen Flusen. Jana setzt den Topf auf den Herd. Aus der Speisekammer holt sie eine Kartoffel, aus der Schublade die Reibe. Das Sauerkraut muss dreißig Minuten dünsten, erst zum Schluss wird sie die geriebene Kartoffel unterrühren. Es ist nicht so, dass sie genau hingesehen hat in den letzten Jahren. Man sieht nicht hin, wenn etwas selbstverständlich ist. Dass das Sauerkraut dreißig Minuten braucht, um gar zu werden, steht auf der Packung, die Soße hat sie im Kochbuch gefunden. Mehlschwitze, etwas von dem Gemüsesud, in dem sie das Kassler kocht. Für eine Mehlschwitze muss Butter oder Margarine erhitzt und das zugegebene Mehl so lange gerührt werden, bis keine großen Blasen mehr aufsteigen.

Sie bescheren im Wohnzimmer, am Baum brennen die sechzehn Kerzen und beleuchten das Klavier. Jana hätte auch zweiundzwanzig unterbringen können, aber sie hat nicht mehr Halter gefunden. Bis auf die Kerzen ist es dunkel. Die Geschenke liegen schon unter den Zweigen. Zu dritt sitzen sie auf dem alten Sofa, mit seinem Holzgestell, das aus dem Leim geht, den mit braunweiß kariertem, knotigem Stoff bezogenen Polstern. Lisa sitzt in der Mitte. Jana hat das Oratorium aufgelegt, jauchzet, frohlocket, singt der Chor, und Lisa grinst und sagt: Jaja, wir preisen diese Tage. Sie zieht die Knie an die Brust, die Ringel der Strumpfhose dehnen sich zu Balken. Der Vater stößt die Weihnachtspyramide an, die immer wieder stehen bleibt. Im untersten der drei Stockwerke rasen die Hirten, Josef, Maria und das Kind um eine Säule herum, auch zwei Schafe gibt es und einen Esel. Die Hirten und Josef dürfen ihre Kreise vorwärts ziehen, nur Maria steht in der falschen Richtung. Die Pyramidenflügel werfen große wirbelnde Schatten an die Zimmerdecke. Eine Räucherkerze, sagt Lisa, können wir eine Räucherkerze anmachen? Jana hebt den Körper des Räuchermännchens an und stellt den an der Spitze glühenden Kegel auf das Metallplättchen, bläst vorsichtig dagegen. Der scharfe Geruch steigt ihr in die Nase. Das Räuchermännchen stellt einen Schneemann dar, drei Kugeln und obenauf ein schwarzer Zylinder. Der Chor singt von zärtlichen Trieben und davon, dass man sich bereiten soll, und plötzlich bricht Lisa in Tränen aus. Jana zieht sie an ihre Schulter. Es hätte doch wenigstens schneien können, schluchzt Lisa, wenigstens das. Der Vater stößt die Pyramide an und starrt in die Kerzenflammen. Er hat eine graue Hose mit Bügelfalten angezogen und ein weißes Hemd, das unter den Achseln spannt. Wir müssen da jetzt durch, sagt er, das wird auch wieder anders, wir kriegen das hin. Lisa schnaubt in ein Taschentuch. Frohe Weihnachten, sagt sie, legt das Taschentuch auf den Couchtisch und geht zum Baum. Durch die Erschütterung des Bodens setzt die CD aus. Die in dem roten Papier mit den Sternen und

Sternschnuppen drauf, sagt Jana, sind deine. Was ist das denn?, fragt Lisa, lacht und hält eine Möhre in die Höhe. Fürs Kaninchen, sagt Jana. Sie hat eine Schleife drumgebunden.

Der Vater und Jana trinken Bier, sie helles, er dunkles, Lisa hat neben ihren Teller eine Anderthalbliterflasche Spezi gestellt, aus der sie sich ständig nachschenkt. Jana macht das Licht aus, eine der Kerzen rußt, der Docht ist zu lang und krümmt sich. Das Kassler schmeckt salzig und mager. Die Weißwürste stehen schon auf dem Tisch, in einer Pfanne mit Deckel, damit sie heiß bleiben. Jana reißt eine Scheibe Brot in Stücke, die sie in die Soße auf ihrem Teller legt, darüber häuft sie Sauerkraut. Du hast zu viele Würste gemacht, sagt Lisa, du weißt doch, dass ich keine esse. Sie haben so viele Würste gekauft wie immer, und Jana hat sie alle gebraten. Sie vermeidet es, den Platz an der linken Schmalseite anzusehen. Den freien Stuhl. Sie nimmt die Soßenschüssel und den Brotkorb und stellt sie auf das Stück Tischtuch ohne Flecken. Papa, sagt Lisa, lass mir noch Kassler übrig. Schmeckt zu gut, sagt er, ohne den Blick vom Teller zu heben. Er schneidet, bis die Messerklinge über das Porzellan schabt. He, sagt er, machst du ein paar Fotos von uns? Lisa hat eine Kamera bekommen, die lang ersehnte Spiegelreflex, mit 28-bis-80-mm-Objektiv, mit verschiedenen Automatikfunktionen, aber auch manuell bedienbar. Sie lässt das Besteck sinken. Bist du bescheuert, sagt sie, doch nicht heute Abend.

Und dann sieht Jana, dass es vor den Fenstern fette wattige Flocken schneit, beinahe senkrecht. Sie weiß nicht, wie lange schon. Sie springt auf und hört sich rufen, und dann stehen sie nebeneinander an der Scheibe und sehen nach draußen. Die CD ist zu Ende. Jetzt gibt es doch Schnee, ruft Lisa immer wieder. Papa, sagt sie, Schnee. Er legt ihr die Hand auf die Hüfte, auf die alte Bikinihose. Weil du es wolltest, sagt er. Weil auf den Wetterbericht Verlass ist, sagt Jana. Lisa lacht hoch und albern und hüpft von einem Bein aufs andere. Weiße Weihnachten, schreit sie. Der Rasen ist zugeschneit, das Schuppendach eine matte Fläche. Im Zimmer wird es heller. Ich hab euch lieb, kreischt Lisa, und morgen will ich rodeln. Sie sucht mit ihrer Hand nach Janas. Jana denkt an den Kurzurlaub im Erzgebirge vor zwei Jahren. Vier ungeübte Skifahrer, die abwechselnd aus der Spur kippten. Schneebälle im Nacken und Hände in unförmigen Fäustlingen, aber für ein paar Tage keine einzige Aussprache über den Zustand von Lisas Zimmer oder darüber, wer von ihnen aus welchem Grund immer seltener vor zehn daheim war. Es kann ja wieder so sein. Es sollte. Die Flocken fallen sehr langsam, und plötzlich fragt der Vater: Müsst ihr auch ans Erzgebirge denken? Und dann sagt er förmlich: Ich möchte euch für diesen Abend danken, dir, Jana, und auch dir, Lisa, ihr wart wunderbar.

Früh am nächsten Morgen klingelt das Telefon auf dem Klavier, dreimal, viermal, und Jana, die im Wohnzimmer geschlafen hat, hebt ab. Die weiße Decke auf der Straße ist noch fast unberührt. Jana schweigt in die Muschel. Hallo Mutti, sagt sie endlich, na? Die Stimme vom anderen Ende der Leitung klingt, wie wenn man mit Stiefeln durch Schnee geht. Jana, sagt sie, ich dachte schon, du hast aufgelegt. Geht es euch gut?, fragt sie. Ja, es geht allen gut. Sie haben einen Baum, und auch das Kaninchen sitzt in einem sauberen Käfig. Sie haben das Oratorium gehört. Mutti, sagt Jana, wo bist du denn. Natürlich, das hätte sie sich denken können, bei Gudrun. Gudrun hat ein leeres Zimmer, seit der Sohn ausgezogen ist. Die beste Freundin, die man sich wünschen kann. Die Mutter fragt, wie es Lisa geht. Weißt du, sagt Jana, es hat sich eigentlich nichts verändert. Sie spürt das Lachen, bevor es sie erreicht. Das ist ja furchtbar, sagt die Mutter. Das Telefon hat ein blasses Gehäuse, irgendein Ton zwischen beige und grau, Jana spielt mit dem Kabel. Eine Umdrehung für den Vater, eine für Lisa, eine für sich selbst. Mutti, fragt sie, wann kommst du denn zurück? Diesmal bleibt die Mutter ernst. Sie hat sich eine Arbeit gesucht, zur Aushilfe in einem Geschäft. Stoffe und Knöpfe, Hüte. Sie schweigen. Draußen fährt ein Auto vorbei, und in Gudruns Wohnung klappert etwas. Vielleicht steht Gudrun neben der Mutter und gießt Kaffee in Tassen, starken heißen Kaffee, oder sie legt ihr die Hand auf die Schulter, damit nicht zu viel verraten wird von dem neuen Leben. Der Atem in der Leitung ist laut. Jana, fragt die Mutter, glaubst du, ich mache einen Fehler? Jana hebt die Schultern, dann fällt ihr ein, dass das nicht zu sehen ist. Ich weiß es nicht, sagt sie, vielleicht, warum nicht. Gudrun ruft etwas. Bevor sie auflegt, sagt die Mutter noch: Ich melde mich wieder, wir werden sehen. Jana hört sich das Tuten an. Sie flüstert: Lisa wird ihr Zimmer aufräumen.

Im Flur sieht sie, dass die Schwester doch schon wach ist. Sie lässt das Kaninchen laufen, spielt mit ihm, hält ihm eine Papprolle hin und zieht sie wieder nach oben. Als das Tier den Teppich verlässt, rutschen die Läufe zur Seite weg, bei jedem Sprung über die Dielen. Lisa lacht, sie hockt auf dem Boden, ihr Nachthemd ist hochgerutscht. Ihre Beine sind ein bisschen blau, vielleicht von der Kälte. Das Kaninchen rudert mit dem Stummelschwanz und wagt sich nicht mehr weiter. Wie auf Glatteis, sagt Lisa.

Wie viel Vögel

Ich kannte ihn gar nicht. Er ist ein Freund von Kronberg. Mein ältester Freund, sagte Kronberg. Er sagte nicht: Mein bester. Bjarne war dabei, und Bjarne kann nicht Auto fahren, wenn er eifersüchtig ist. Das weiß niemand besser als ich, aber Kronberg weiß es auch, und dass er selbst nicht mehr fahren konnte, war klar. Wann machst du den verdammten Führerschein, Hannah, sagte er zu mir. Vorher, gleich nachdem wir die Tür zum Klub geschlossen hatten und unsere Jacken über die Lehnen der hohen Hocker gehängt, hatte er gesagt: Es gibt eine Party, Raimunds Geburtstag, das sind nur vierzig Kilometer. Am Telefon habe Raimund etwas von Brasilianerinnen erzählt, heiß und cognacfarben.

Kennst du das? Die Zeit verknotet sich, und du bekommst keine Uhrzeit und keinen Sonnenstand mehr zu fassen, im Nachhinein? Denkst stattdessen darüber nach, wo Brasilien nun genau liegt, ob ober- oder unterhalb von Bolivien? Welche Farbe Violettas Augen hatten? Eigentlich ist egal, wer wann welche Sätze gesagt oder in Frage gestellt hat. Und ob er damit auf eine andere Frage, an die ich mich jetzt erinnere, geantwortet hat oder nicht. Es ist ja nichts passiert an dem Abend, nichts, was in eine Chronologie gebracht werden müsste. Violettas Augen waren natürlich blau.

Bjarne fuhr, und Kronberg saß auf dem Rücksitz. Noch bevor wir die Schnellstraße erreichten, wurde es dunkel zwischen den Pfosten links und rechts der Fahrbahn. In den Dörfern suchten wir nach den Kreuzungen, an denen wir abbiegen mussten. Vierzehn Kilometer, las Bjarne von den Schildern ab, acht. Auf einer geraden Strecke ließ er seinen Kopf in meinen Schoß fallen, richtete sich sofort wieder auf. Wie alt wird er denn?, fragte ich. Neunundvierzig, antwortete Kronberg von hinten, Raimund wird neunundvierzig. Außer Kronbergs Auto kenne ich keins, das innen mit Holz verkleidet ist. Bjarne redete über Maserungen, Härte, Geschmeidigkeit. Vor dem Haus, nach dem Einparken, küsste ich ihn auf den Mund, presste die Zungenspitze gegen die Lücke zwischen seinen Schneidezähnen.

Raimund wirkt älter als neunundvierzig, aber man kann noch erkennen, wie er mal ausgesehen hat, und das allein reichte, dass Bjarne mich nicht aus den Augen ließ. Raimund hat einen Bauch, seine Haare hängen grau und unauffällig über dem Hemdkragen, aber sein Gang ist elastisch, und seine Arme sind ständig in Bewegung.

Einen Aperitif, sagte Raimund, ihr müsst einen Aperitif nehmen. Ich wusste nicht, dass es zu essen gibt, sagte Bjarne, er sagte: Alles Gute zum Geburtstag!, und dann stellte Raimund uns vor. Zwei Männer saßen in den Sesseln vor dem Fenster, und Bjarne nannte meinen Namen und legte den Arm um mich. Einer der Männer war Franzose, der andere Schweizer. Es war kalt im Raum, einem Wohnzimmer im Erdgeschoss des Hauses. Zur Rechten ging eine quadratische Kammer ab, mit einem großen Hund darin und einem großen Bett, selbst gebaut, auf Pfosten. Die Matratze befand sich in der Höhe meiner Rippen. Es war kalt, weil der Franzose ständig von seinem Sessel aufsprang und durch die Hintertür in den Garten verschwand. Die Tür durfte nicht geschlossen werden, nur angelehnt, der Franzose hatte keinen Schlüssel und Angst, dass wir sein Klopfen überhören würden. Sprecht ihr Französisch?, fragte der Schweizer, Jean versteht nur Französisch. Bjarne schüttelte den Kopf. Kronberg fragte, wo Violetta sei, ich fragte, wer Violetta sei, und dann fragte Kronberg unvermittelt, wann die Brasilianerinnen kämen. Wir standen mitten im Zimmer, Raimund lachte, der Franzose auch, obwohl er ja nichts verstanden haben konnte, und der Schweizer legte den Kopf erst auf die eine und dann auf die andere Seite und murmelte: Oioioi, die Brasilianerinnen, ich habe gar kein Geld.

Violetta ist Raimunds Tochter. Sie erschien erst später am Abend, etwas später, wenig später. Nach dem Lexikon ist die Zeit für die gewöhnliche Auffassung, das heißt für physikalisch nicht besonders geschulte Menschen, ein kontinuierliches Fortschreiten, in dem sich alle Veränderungen vollziehen. Wenn es keine Veränderungen gibt, gibt es also auch keine Zeit. Ist das richtig?

Bjarne und Kronberg kennen sich schon lange. Bjarne sagt, was zwischen ihm und mir sei, habe mit seinem Verhältnis zu Kronberg nichts zu tun. Und ich solle Acht geben, dass das so bleibe. Er sagt, er fühle Liebe zu Kronberg, obwohl er ihn weder küssen noch einen Finger in seinen Hintern stecken wolle. Wir sollten das glauben oder nicht. Ich habe Kronberg nie sagen hören, dass auch er zu Bjarne Liebe fühle. Ich habe Kronberg überhaupt nie von so etwas reden hören, und auch ich rede nicht von so etwas mit Bjarne und Kronberg, prinzipiell nicht.

Bjarne und Kronberg sehen sich fast jeden Tag. Wenn ich Bjarne besuche, mit dem Zug in seine Stadt fahre, aussteige, die rote Nylontasche über der Schulter, deren Träger ausfransen, wenn ich Bjarne besuche, leidet Kronberg darunter, dass Bjarne Zeit mit mir verbringt. Also gehen wir zu dritt in den Klub, zum Minigolf und an den Kanal, sitzen in Kronbergs Küche. Ich nehme aber an, das ist für Kronberg nicht dasselbe, wie mit Bjarne allein zu sein.

Man sollte glauben, dass Bjarne und Kronberg, weil sie sich so oft sehen, einander immer ähnlicher werden. Aber wenn es da eine Veränderung gibt, dann ist sie zu schwach, ich habe nichts bemerkt. Vielleicht ist noch zu wenig Zeit vergangen. Ich kenne Bjarne und Kronberg erst seit einem Jahr, ich könnte auch sagen, ich kenne Bjarne und Kronberg schon seit einem Jahr.

Bjarne ist groß und hat einen runden Rücken, weil er sich immer zu allen hinunterbeugen muss. Sein Kopf ist kahl, und auf dem Kinn wächst ein Bart. Kronbergs Wangen sind glatt und haarlos wie seine Arme und Beine. Bjarne hat mir erzählt, dass auch Kronbergs Beine haarlos sind, ich wüsste sonst nichts über Kronbergs Beine, ich habe Kronberg nie in kurzen Hosen gesehen. Ich habe auch Bjarne nie in kurzen Hosen gesehen. Kronberg ist klein. Er trägt enge teure Pullover mit Raglanärmeln. Bjarne zieht über jedes T-Shirt und jeden Sweater eine Weste, ohne Rücksicht auf Farben und Muster. Auffällig ist, dass sowohl Bjarne als auch Kronberg eine Brille tragen, aber ich denke, das ist Zufall.

Es heißt, dass die Freundschaft zwischen Bjarne und Kronberg an einem Herbsttag begonnen hat, auf einem Begräbnis. Es heißt, an diesem Tag hätten sie zum ersten Mal miteinander gesprochen, obwohl sie sich vorher schon kannten, aus einer verzweigten Familiengeschichte heraus, über die mir niemand etwas verraten will. Dann wieder heißt es, ich solle nicht so viel fragen, Familien ohne Geschichte existierten nicht.

Es gibt zu viele Menschen in meinem Leben. Auch an dem Abend bei Raimund kamen sich die Körper, Standpunkte, Wünsche in die Quere. Mir fehlt das System. Ich kann nicht jeden mit der gleichen Intensität spüren. Ich habe Schwierigkeiten mit Gruppen.

Caipirinha, sagte Raimund, gleich gibt es Caipirinha, ich habe alles da. In seiner Küche standen auf einem Wandregal und der Fensterbank zahllose braune Tonkrüge, der Größe nach aufgereiht. Neben dem Kühlschrank hing an einem Nagel ein Korb mit Limetten, vierzig oder fünfzig Limetten, ich hatte nie zuvor so viele Tonkrüge und so viele Limetten gesehen. In einer cremefarbenen Babybadewanne befand sich zerstoßenes Eis. Mann, sagte Bjarne, wen hast du noch alles eingeladen? Raimund lachte. Nur die Brasilianerinnen, sagte er. Kronberg hob den Zeigefinger. Caipirinha sei das brasilianische Nationalgetränk. Dann flüsterte er mir ins Ohr, Raimund betreibe eine Bar hier im Ort. Seine Cocktails brächten Engel zum Singen. Was für Engel, sagte ich. Den Kirchenchor, sagte Raimund. Meine Ohren sind in Ordnung, sagte er, neunundvierzig ist doch nicht alt. Auf dem Tisch standen Schüsseln mit Salaten, geputzten Champignons, Mixed Pickles. Ich habe gar keinen Hunger, sagte Bjarne, und eigentlich habe ich auch keinen Durst. Dabei, sagte Raimund, weißt du noch gar nicht, dass Violetta das Eis vom Fischhändler geholt hat. Heute Morgen, sagte er, lagen da noch Karpfen drauf und Langusten.

Die einzige Sitzgelegenheit im Wohnzimmer war ein niedriges Sofa, da die Sessel, wenn der Franzose nicht gerade im Garten war, besetzt blieben. Bjarne schob sein Bein über mein Knie und wollte auf Raimunds Geburtstag anstoßen. Elender Lügner, sagte er, Eis vom Fischhändler, wahrscheinlich kommen gar keine Brasilianerinnen. Der Caipirinha schmeckte nicht nach Fisch, oder der Cachaça überdeckte den Geschmack. Ich konnte in die Kammer sehen, der Hund erhob sich vom Teppich, kam zu mir und legte die Schnauze auf mein freies Knie. He, sagte Kronberg von der Seite, hast du nicht noch ein drittes Bein? Die Haare des Hundes waren feucht, seine Augen gelb und nur einen Spaltbreit geöffnet. Hinter mir, an der Wand, standen die Bücher schief und krumm in den Regalen, als wollten sie sich gegenseitig stützen. Der Franzose ließ wieder die Tür offen, es zog. Bjarne nahm eine Wolldecke von der Lehne und legte sie über sich und mich und den Hund.

Die Zeit, von der ich nichts verstehe, verging. Raimund schnitt in der Küche die Champignons in Scheiben, Bjarne hielt die Augen geschlossen, sein Kopf lag auf meiner Schulter, der Schweizer wollte wissen, ob ich schon einmal in der Schweiz gewesen sei und was ich von Tarot halte, und Kronberg rauchte. Er drückte die Stummel im Schoß einer kleinen Porzellanfrau aus, die auf dem Tisch stand. Endlich kam der Franzose aus dem Garten zurück, schlug die Tür zu und sagte einen langen französischen Satz. Raimund stürmte aus der Küche und trocknete sich die Hände an einem Wischtuch ab. Jetzt, schrie er, kommt meine Überraschung. Der Franzose hatte ein zerfurchtes Gesicht, wie wenn man mit einer Gabel durch Kartoffelbrei fährt. Und Raimund sagte: Im Garten gibt es Crêpes.

Es war erst Oktober, aber so kalt, dass es hätte schneien können. Auf der Veranda, unter einem Dach aus dunklem geriffeltem Glas, hatte Raimund auf einem alten Tisch zwei Crêpes-Platten aufgebaut. Der Franzose band sich eine bodenlange Schürze um und ließ die erste Kelle Teig auf eine der heißen Platten fließen, verteilte die Masse mit einem Holzspatel. Zwischen uns, in der Luft, standen kleine Wolken, ich war nicht sicher, ob wir sie ausatmeten oder sie von den Crêpes aufstiegen. Schinken und Käse, erklärte Raimund mit blauen Lippen. Er schlug die Hände neben seinem breiten Körper durch die Kälte und sagte: Schinken und Käse, Lachs mit Dillsoße, zum Nachtisch Crêpes mit Schokoladensoße aus echter Schokolade. Schnaps, sagte Jean und blickte von seinen Fingern auf. Und mit Schnaps, sagte Raimund und nickte. Du verstehst uns ja doch, sagte Kronberg, aber der Franzose sah ihn nur fragend an.

Ich würde gern von Violetta erzählen. Dass ihre Finger die Reste der Dillsoße auf dem Teller mit der Schokolade zu einer klumpigen Masse verrührten. Dass sie die Finger in den Mund schob, ablutschte, bis sich die Lippen mit einem Geräusch wieder schlossen. Dass ich nicht wusste, was ich mit meinen eigenen Fingern machen sollte, ich war zu Gast und versuchte, mit Messer und Gabel zu essen, obwohl ich den Teller auf meinen Knien balancierte. Das würde ich gern erzählen. Aber tatsächlich waren, als Violetta kam, die Teller schon leer gegessen, die Crêpes-Platten kalt. Niemand bot Violetta Schinken und Lachs an, nicht der Franzose und auch Raimund nicht, der sich vorbeugte und seine Tochter auf die Nasenspitze küsste. Die Zeit, die Violetta mit uns verbrachte, war kurz.

Ich aß ein Crêpe mit Lachs, der Fisch rutschte von der Gabel. Der Franzose steckte in Abständen den Kopf zur Tür herein und wartete auf Bestellungen. Bjarne und Kronberg aßen je vier Crêpes mit Schinken und Käse, reichlich Senfgurken und eine große Schüssel Salat. Während der Franzose für mich ein Schokoladencrêpe zubereitete, blieb ich neben ihm stehen. Bjarne kam nach draußen, stellte sich hinter mich und legte die Hände auf meine Rippen. Vielleicht hoffte er, dass ich sie lösen und gegen meine Brüste pressen würde, wie ich es tue, wenn wir allein oder nur mit Kronberg zusammen sind.

Kronberg ist meine Familie, sagt Bjarne oft. Das muss an jenem Herbsttag begonnen haben, vor diesem Grab, denn es war Bjarne, der damals seine richtige Familie verlor, es war seine Mutter, die begraben wurde. Ich weiß nicht, ob Bjarne meine Familie ist, aber Kronberg ist es nicht. Ich weiß nicht, ob man eine Familie braucht, eine Familie mit Geschichte.

Ist dir nicht kalt, sagte ich zu Bjarne. Frag das den Franzosen, sagte er. Was ich auf Französisch hätte sagen können, war: Ich bin krank! Mit dem eher passenden Satz: Du könntest krank werden! war ich überfordert. Geh rein, sagte ich zu Bjarne, das ist unhöflich, er versteht uns nicht. Der Franzose rührte mit einem winzigen Schneebesen in der Schokoladenmischung und fügte einige Minzeblätter hinzu. Seine Ohren bewegten sich, ruckten. Geh jetzt rein, sagte ich zu Bjarne. Okay, sagte er und schwang sein Becken gegen meinen Po. Ich spürte ihn, drückte mich nach hinten wie eine Ente. Der Franzose sah auf. Und dann klingelte es. Bevor wir hineingingen, fragte Bjarne noch, ob ich ihn pervers fände.

Brasilien ist der größte Staat Südamerikas. Ich habe das nachgeschlagen, auch die Lage zu Bolivien habe ich nachgeschlagen, um meine Gedanken zu konzentrieren. Das Amazonastiefland ist das größte tropische Waldgebiet der Erde. Brasilien ist einer der weltgrößten Kaffeelieferanten. Meine Gedanken gehen in alle Richtungen. Rosa Lachsstücke, Tonkrüge, Limetten. Kennst du das?

Kronberg sprang wie ein alter, spröde gewordener Gummiball auf der Stelle. Wahrscheinlich ist auch Kronberg ungefähr neunundvierzig. Ich denke, dass er fast zehn Jahre älter sein muss als Bjarne, und Bjarne ist fast zwanzig Jahre älter als ich. Jedenfalls sprang Kronberg auf der Stelle und flüsterte: Das sind die Brasilianerinnen, das sind sie. Auch der Schweizer hatte die Augen aufgerissen und starrte die Tür zum Flur an. Der Hund hechelte. Die Brasilianerinnen?, fragte Bjarne, wirklich? Die Tür öffnete sich. Kronberg, sagte ich leise, dein Mund steht offen. Die Frau war langbeinig und hatte braune Haut, trug die schwarzen Haare zu einem festen Knoten gesteckt. Ihre Lederstiefel gingen bis über die Knie. Sie nickte uns zu. Marica, schrie Raimund im Flur, wo ist deine Freundin, du hast versprochen, dass ihr zu zweit kommt. Die Brasilianerin sah uns an und sagte höflich und ohne Akzent: Sie hat Grippe, die echte, keine Erkältung. Sie sagte: Bitte entschuldigen Sie vielmals.

Brasilien ist ein schönes Land, sagte Kronberg. Die Schweiz ist auch ein schönes Land, sagte der Schweizer und wollte wissen, was die Brasilianerin von Tarot halte. Es dauerte eine Weile, bis ich begriff, dass Kronberg tatsächlich in Brasilien gewesen war. Deutschland ist auch ein schönes Land, sagte

Bjarne, das ist ein deutsches Wohnzimmer, in dem wir sitzen. Das ist ein deutscher Schäferhund, sagte er, und der Hund zog die Lefzen zurück, als wollte er lachen, aber dann bellte er. Dafür lachte die Brasilianerin, sie lachte laut, ihr war kalt, sie behielt den Mantel an und zog ihn eng um ihre Schultern. Sie aß zwei Crêpes mit Schokolade, der Franzose küsste ihr die Hand und garnierte den Teller mit eingelegtem Ingwer. Die Brasilianerin hielt viel von Tarot, sie sagte, sie habe sich erst vor kurzem die Karten legen lassen, alles sehe sehr günstig aus, nach einem vielversprechenden Winter sehe es aus. Kronberg stand wieder der Mund offen, seine Zähne schienen gerader und weißer als sonst. Der Schweizer rückte mit seinem Sessel an die Brasilianerin heran, für die Raimund aus der Küche einen Hocker geholt hatte. Er nahm ihre Hände. Du bist eine mutige Frau, sagte er, ich würde meine Zukunft nicht wissen wollen. Was machst du, fragte er, wenn du erfährst, dass du am nächsten Tag überfahren wirst? Ich fragte mich plötzlich, ob es noch Leichenwagen gibt, Autos, denen man ansieht, dass sie Särge transportieren. Kronberg setzte sich vor den Füßen der Brasilianerin auf den Teppich und kündigte an, einen Witz zu erzählen: Fragt die Lehrerin Hänschen: Auf einer Stromleitung sitzen zwei Vögel, ich nehme mein Gewehr und drücke zweimal ab, wie viel Vögel treffe ich? Hänschen sagt: Einen. Sagt die Lehrerin: Hänschen, hör doch mal zu –.

Und Bjarne sagte: Kronberg, hör doch mal zu, keiner will das wissen.

Die Brasilianerinnen und die Crêpes, sie sollten die Höhepunkte des Abends sein. Violetta kam durch die Hintertür ins Zimmer, mit nassen und lehmigen Gummistiefeln an den Füßen, sie ging an uns vorbei und in die Küche, um Raimund zu gratulieren. Er kam mit ihr zurück, hielt ihre blonden Haare im Nacken mit einer Hand umfasst, die Haare und den Hals darunter. Die Haare bauschten sich wie eine Kappe. Violetta rief: Mahlzeit! Sie steckte Raimund etwas in die Hosentasche, sagte: Für dich, Papa!, umarmte ihn und rieb mit den Handflächen über sein breites Kreuz. Er holte das Geschenk heraus, ein silbernes Feuerzeug, in das sie die Worte Daddy Happy Birthday hatte eingravieren lassen. Raimund gab das Feuerzeug den ganzen Abend nicht aus der Hand. Er zündete alle Zigaretten selbst an, Bjarnes, Kronbergs, die des Schweizers. Vielleicht hatte er Angst, wir könnten Violettas Geschenk aus Versehen einstecken. Kronberg geht oft ohne Feuerzeug in den Klub und kommt mit vieren wieder.

Wer will eine Caipi?, fragte Violetta. Das ist Violetta, sagte Raimund zu mir, das ist meine Tochter. Violetta möchte Visagistin werden, sagte er zu der Brasilianerin, kannst du ihr helfen? Vielleicht, sagte sie, lass uns später darüber sprechen. Sie blickte den Schweizer an. Im Tarot, sagte sie, kannst du deine Seele sehen, aber natürlich ist das gefährlich. Da habe ich ja einen echten Frauentalk unterbrochen, sagte Raimund. Einen echten Frauentalk, sagte Kronberg, das ist gut. Er beugte sich vor und betrachtete die Fingernägel der Brasilianerin, sie waren blassblau lackiert. Du bist also Visagistin, sagte er, aber sie hörte nicht zu. Bjarne hatte einen Bildband aus dem Regal gezogen. Er sagte zu mir, das Schöne an Raimunds Partys sei, dass jeder machen könne, was er wolle. In dem Buch, dessen Seiten er langsam umblätterte, ging es um Gesichtsausdrücke, Grimassen, darum, dass in allen Epochen und Kulturen gelacht worden war. Bjarne lachte nicht. Raimund setzte sich neben uns, und ich fragte, wo das Klo sei.

Das Klo war neben der Küche, in der Violetta am Kühlschrank lehnte. Sie spülte eine Limette mit warmem Wasser ab, halbierte sie mit der Schale, viertelte die Hälften, warf die Stücke in ein Whiskyglas und streute Rohrzucker darüber. Mit einem Holzstößel zerdrückte sie das Fruchtfleisch, gab reichlich Cachaça zu, füllte das Glas mit gestoßenem Eis auf und rührte um. Als sie zwei Strohhalme zwischen die Limettenstücke steckte, bemerkte sie mich und sagte, sie habe schon mit vierzehn für ihren Vater hinter der Bar gestanden. Sie sah aus wie die Cheerleader-Mädchen in amerikanischen Highschoolserien, und sie sprach auch so. Sie ging mir bis zu den Augenbrauen, ihre Nase war rund und klein, sie trug hellblaue Jeans und einen bauchfreien Pullover. Hätte sie ein paar Limetten genommen, sie über ihre Brüste gerollt und anschließend mit ihnen jongliert, hätte sie angefangen, einen Gospel zu singen oder langsam in den Spagat zu gehen, es hätte mich nicht überrascht. Ihr Nabel war nach außen gewölbt, die Hüfte drückte gegen die Kühlschranktür, und auch in der Küche war es so kalt, dass es hätte schneien können. Im Wohnzimmer erzählte Kronberg seinen Witz, wir konnten jedes Wort hören, die Türen standen offen. Kronberg sagte: Also fragt die Lehrerin erneut: Hänschen, auf der Leitung sitzen zwei Vögel, ich nehme das Gewehr und drücke zweimal ab, wie viel Vögel treffe ich? Hänschen sagt wieder: Einen. Also, sagt die Lehrerin, die Antwort ist falsch, aber ich möchte wissen, warum du so darauf bestehst. Hänschen sagt: Mit dem ersten Schuss treffen Sie einen der Vögel, der andere erschrickt und fliegt weg. Die Antwort ist falsch, sagt die Lehrerin, aber ich finde deine Denkweise interessant.

Kronberg, sagte Bjarne, und ich hörte, wie er das Buch zuschlug. Kronberg, sagte er, damit kannst du Marica nicht beeindrucken.

Als ich Bjarne wiederfand, löschte Raimund im Wohnzimmer gerade das Deckenlicht und schaltete stattdessen mehrere kleine Strahler ein, die er in die Ecken des Raumes richtete. Der Franzose war nach oben gegangen, die Treppenstufen einzeln nehmend, ich hatte gesehen, wie er mit den Fingerkuppen über die Wirbel in seinem Haar rieb. Er ist immer müde, hatte Violetta gesagt, und wenn man fragt, warum, dann sagt er: Ich brauche eine Frau. Raimund schaltete die Strahler ein und aus, der Schweizer hockte im Sessel, zählte die Karten an den Fingern ab und sagte: Der Narr. Der Herr der Stäbe, sagte die Brasilianerin. Kronberg kniete auf dem Teppich und strich dem schlafenden Hund übers Fell.

Ich fand Bjarne auf dem Bett in der Kammer, er lag auf dem Rücken und presste ein Kissen gegen seinen Bauch. Magenschmerzen, sagte er. Ich stützte mich mit den Händen auf, zog die Knie nach oben und legte mich neben ihn. Er fragte, wo ich gewesen sei, und ich tastete mich über seine runden Schultern bis unter das Kissen, fuhr mit dem Zeigefinger um den Gummibund seiner Unterhose. Seine Jeans waren aufgeknöpft. Ich sah ihm in die Augen, ohne Brille blinzelte er häufig, und ich sagte: Ich war bei Violetta. Er blickte zurück. Und, fragte er, wie war's? Ich sagte: Wir waren im oberen Stock, in ihrem Zimmer.

Während ich sprach, spürte ich die Veränderungen, aber eine Ordnung fand ich nicht: Staub in den Fugen zwischen den Dielen, eine helle Brust, Füße mit gerade geschnittenen Nägeln, der Baum vor dem Fenster, dessen Äste sich bewegen. Stimmen von unten, Bässe, Kronberg, der mehrmals versucht, seinen Witz zu erzählen. Ein Unterhemd mit Stickerei über dem Steißbein, das Bellen des Hundes, immer wieder die Gedanken Tarot, Brasilien, zu viel getrunken zu haben.

Sie hat sich die Hose ausgezogen und sich auf mein Gesicht gesetzt, sagte ich zu Bjarne, und ich habe meine Zunge in sie hineingesteckt, so weit es ging. Meine Zunge habe ich in sie hineingesteckt, meine Hand habe ich in sie hineingesteckt, sagte ich, meine ganze Hand, so weit es ging, ich bin mit der Hand über ihr Gesicht gefahren und habe meine Finger in ihren Mund gesteckt und habe meine Finger wieder herausgenommen und meine Zunge in ihren Mund gesteckt, so weit es ging. Ich fragte ihn, ob er uns nicht gehört habe.

Bjarne legte das Kissen zur Seite. Es war ein plüschiges Sofakissen mit rosa Troddeln, und Bjarne verdrehte den Oberkörper und schlug dem Kissen mit der Handkante einen Knick in die Mitte. Dann streckte er den Arm aus. Ich drückte meine Nase an seinen Hals, er roch scharf nach einem Rasierwasser. Kleines Mädchen, sagte er. Arschloch, sagte ich. Und wo, fragte er, warst du wirklich?

Es ist doch nicht wichtig, ob etwas die Wahrheit ist. Es ist doch nicht wichtig, ob etwas schon passiert ist, ob die Reihenfolge stimmt, ob etwas vor langer Zeit passiert ist, ob es noch passieren wird, morgen oder in einem Monat. Es ist doch nicht wichtig, ob etwas nie passieren wird, solange ich mir vorstellen kann, dass es passiert. Was ich mir nicht vorstellen kann, kann ich nachschlagen. Das Lexikon sagt, Realismus sei der die Realität, Faktizität, Bewusstseinsunabhängigkeit von Ansichseiendem betonende, sie zum Grund, Maßstab und Inhalt alles Seins und Bewusstseins machende Standpunkt. Ich kann mir einfach nicht vorstellen, was das heißen soll. Sonst kann ich mir alles vorstellen, schon immer. Als Kind konnte ich mir vorstellen, geschlagen zu werden. Ich konnte mir vorstellen, mit dem Fahrrad unter der Straßenbahn zu landen und auch, die unzähligen kleinen Cognacflaschen aus dem Nachtschränkchen meiner Tante auszutrinken. Als ich mir das vorstellte, ich lag neben dem Nachtschränkchen im Bett und sollte schlafen, wurde ich so angenehm benommen, dass ich mich übergeben musste. Verstehst du mich jetzt? Hörst du mir zu?

Bjarne wollte die Wahrheit wissen. Ich sagte, ich habe mit Violetta in der Küche gestanden. Sie habe mir erzählt, dass sie Theater spiele, Salsa getanzt habe, reite, die Waldorfschule wegen sexueller Belästigungen abgebrochen habe, den Salsakurs wegen sexueller Belästigungen abgebrochen habe, ein Wirtschaftsgymnasium besuche, an Homöopathie glaube, als Baby krank gewesen sei und letztes Jahr eine Lungenentzündung mit Homöopathie ausgeheilt habe. Ich sagte ihm nicht, dass das die Wahrheit sei, aber diesmal glaubte er mir. Tarot und Homöopathie, sagte er, er sagte: Tarot und Homöopathie und Brasilien. Ich kann doch nichts dafür, sagte ich. Er hatte Magenschmerzen.

Im Wohnzimmer rief Kronberg: Also fragt Hänschen die Lehrerin: Darf ich Ihnen auch eine Frage stellen? Drei Frauen halten ein Kugeleis in der Hand, die eine leckt es, die zweite schlürft es, die dritte beißt hinein. Welche der Frauen ist verheiratet?

Etwas fiel zu Boden, zersplitterte. Ich wollte nicht hinsehen, ich nahm an, dass es Kronbergs Glas war. Wenn Kronberg betrunken ist, lässt er alles fallen, Gläser, Flaschen, seine Katze. Bjarne zog mir das T-Shirt über den Kopf. Ich hatte mir die Achseln nicht rasiert, vielleicht stank ich. Bjarne, sagte ich, wie viel Jahre gibst du uns? Was denkst du?, fragte er. Ich wusste es nicht, ich konnte mir alles vorstellen. Zwei, sagte er, oder drei, jedenfalls einige. Ich fragte: Und wie viel Jahre gibst du dir und Kronberg? Kronberg und ich, sagte Bjarne, wir werden uns nie mehr verlieren.

Ich richtete mich halb auf, stützte mich auf die Ellenbogen und sah ins Zimmer hinüber. Die Brasilianerin zupfte Violetta die Augenbrauen. Sie will Visagistin werden, sagte Raimund, er sprach langsam, mit Pausen zwischen den Worten. Meine Tochter will Visagistin werden, sagte er, kann sie bei dir ein Praktikum machen, Marica? Er saß hinter Violetta auf der Sofalehne, sah aus wie ein alter Mann, hatte die Arme um Violettas Hals gelegt und rieb die Nase an ihrer Schulter, mechanisch, hin und her. Violetta schüttelte sich. Papa, sagte sie, ich muss stillhalten. In den Winterferien?, fragte Raimund, ein Praktikum? Die Brasilianerin zupfte. Vom Bett aus konnte ich nicht erkennen, was sich an Violettas Augenbrauen veränderte. Papa, sagte sie, du bist eklig. Er sagte: Meine Nase juckt. Der Schweizer war in seinem Sessel eingeschlafen. Gib mir einen Kuss, sagte Raimund. Violetta drehte den Kopf und küsste ihn auf den Mund, ihre und seine Lippen passten genau aufeinander und lösten sich schwer. Rasier dich mal, sagte Violetta. Die Brasilianerin schüttelte das Handgelenk aus, der Schweizer wachte auf, er drückte sich eine leere Bierflasche gegen die Augen und fragte heiser: Violetta, magst du Tarot? Raimund sagte, er gehe schlafen. Er blieb vor dem Durchgang zur Kammer stehen, blinzelte, ging dann vorbei. Ich hörte ihn auf den Treppenstufen. Violetta sagte: Ich fühle mich für ihn verantwortlich, immer habe ich das Gefühl, dass ich mich nicht genug um ihn kümmere. Bjarne zog an seiner Unterhose. Die Sorte kaufe ich nicht mehr, sagte er, dreimal getragen und leiern schon aus.

Als ich aufwachte, lag Bjarnes Hand noch zwischen meinen Beinen. Sie war klamm, feucht und fischig, ich dachte an den Lachs in den Crêpes. Ich musste lachen, und er gähnte und fragte, was sei. Nichts, sagte ich. Das Licht ging an, im Durchgang stand Kronberg. Wo sind alle hin, fragte er, habe ich geschlafen? Das Wohnzimmer war dunkel. Kronberg, sagte Bjarne, komm rein, komm zu uns. Ich schob seine Hand weg. Genau, sagte ich, komm her, Kronberg, Bjarne hält es nicht aus ohne dich. Kronberg sagte, er wolle nicht stören. Er fragte: Wollt ihr wissen, wie der Witz ausgeht? Bjarne sagte: Hannah interessiert sich mehr für Familiengeschichten, sie fragt ständig, wie meine Mutter gestorben ist.

Ich war mir nicht sicher, was ich falsch gemacht hatte, man kann leicht etwas falsch machen bei Bjarne. Manchmal spricht Bjarne tagelang nicht mit mir. Er benutzt dann Kronberg als Mittler, sagt dann: Kronberg, was glaubst du, will Hannah noch einen Kaffee, was glaubst du, ist Hannah sexuell unbefriedigt? Ich spiele gern mit brennenden Kerzen, drücke die Fingerkuppen in die Ränder, schütte das Wachs über meine Unterarme.

Was geschah, war sehr zusammenhanglos. Bjarne sagte zu Kronberg: Glaubst du, wir sollten Hannah eine schöne Familiengeschichte erzählen, glaubst du, wir sollten ihr erzählen, dass Violettas Mutter mit Violettas Salsa-Partner abgehauen ist? Kronberg starrte ihn an. Was ist denn mit dir, sagte er. Glaubst du, schrie Bjarne, wir sollten ihr erzählen, dass Violettas Mutter fünfundzwanzig Jahre älter ist als Violettas Salsa-Partner und Raimund seitdem nicht mehr scheißen kann? Kronberg trat einen Schritt näher. Der Hund hatte neben dem Durchgang gelegen, er fuhr hoch und versteckte sich im Hohlraum unter dem Bett. Ich hörte ihn. Lass doch Hannah in Ruhe, sagte Kronberg, und außerdem schlafen alle. Weißt du, sagte Bjarne, Hannah hier, die lebt ihr Leben im Kopf. Vielleicht denkt sie, dass sie ewig Zeit hat! Unter der Decke zuckte sein Bein an meinem. Kronberg, sagte ich, gib mir dein Handy, ich muss ein Taxi rufen. Der Hund jaulte leise. Kronberg, schrie ich, gib mir das verdammte Handy. Er holte das Handy aus der Hosentasche, hielt es unsicher in der Hand. Bjarne rollte sich zu einer Kugel zusammen und zog die Decke über den Kopf. Kronberg sagte meinen Namen. Und dann sagte er plötzlich: Also! Eine leckt es, eine schlürft es, und eine beißt hinein. Die Lehrerin überlegt. Die, die es leckt, sagt sie, die ist verheiratet. Falsch, sagt Hänschen, sagte Kronberg. Verheiratet ist die mit dem Ehering! Kronberg lachte: Aber ich finde Ihre Denkweise interessant.